# OMEGA ENTKORKT

## OAK GROVE #9

### ARIA GRACE

SURRENDERED PRESS

Surrendered Press

**Omega entkorkt**

# INHALT

# PROLOG

NATHAN

Ich drückte mein Ohr gegen die Tür und hatte ein schlechtes Gewissen, wie sehr ich mich in die Privatsphäre meiner Schwester drängte. Aber irgendetwas stimmte nicht und sie wollte mir nicht sagen, was es war, daher blieb mir nichts anderes übrig, als ihr nachzuspionieren.

„Frannie ..., zieh doch zu mir ...“ Ihr Freund Jacob war ein netter Kerl, aber er sprach undeutlich. Mit der Tür zwischen uns war es fast unmöglich, zu verstehen, was er sagte.

Zum Glück war meine Schwester Lehrerin und ihre Stimme hörte man drei Häuser weiter noch, ruhig und sanft. „Ich habe Nathan.“

Das war ein Schlag in die Magengrube.

Kein *„Ich liebe dich und natürlich ziehe ich zu dir"* oder wenigstens ein *„Ich glaube nicht, dass wir schon bereit dafür sind."* Nein, ich war ihr einziger Grund – ihr Versager-Bruder, der das College abgebrochen hatte.

„Nathan ist erwachsen." Jetzt sprach er laut und deutlich und ich fragte mich, ob er wollte, dass ich das hörte. Er hatte nie verstanden, warum meine Schwester und ich uns so nahestanden, warum wir beide viel arbeiteten und trotzdem kaum genug Geld hatten, weil alles ins Pflegeheim gesteckt wurde. Seiner Ansicht nach sollte unser Vater in ein staatliches Pflegeheim, das uns nichts kostete.

Aber so lief das eben nicht. Man konnte nicht einfach in ein Pflegeheim ziehen, wenn da keine freien Zimmer waren. Und wenn eines frei wurde, dann wurde das zuerst an jemanden vergeben, der noch gar keinen Pflegeplatz hatte. Das ganze System war nicht zufriedenstellend, was der Grund dafür war, dass ich das College abgebrochen hatte, um den Haushalt zu führen, während Frannie all ihr Geld in die Medikamenten-Rechnungen unseres Vaters steckte.

*Verdammt!* Ich wollte am liebsten ins Zimmer stürmen und Jacob eine reinhauen. Ich nahm nicht an, dass er sich absichtlich wie ein Arschloch aufführte, aber er verstand einfach das Problem nicht.

Frannie hatte nie nachgelassen, mich zu unterstützen, selbst wenn es gegen ihre eigenen Interessen war. „Nathan ist erwachsen und genau deshalb sind wir ein Team."

Ich konnte das nicht länger mit anhören und schlurfte zu meinem Bett. Meine Schwester hatte bereits so viel für mich aufgegeben und noch mehr würde folgen. Wenn ich sie darauf ansprach, würde sie mich einfach daran erinnern, dass ich auch Opfer brachte. Das stimmte, ich hatte das College aufgegeben, aber das hieß doch nicht, dass sie das Leben aufgeben musste, von dem sie immer geträumt hatte, inklusive weißem Gartenzaun.

Ich nahm mein Handy und aktivierte das Internet. Mir blieb für diesen Monat nicht mehr viel Datenvolumen, aber es reichte, um Hypotheken zu recherchieren. Warum ich das immer wieder nachschaute, wusste ich nicht, es änderte sich ja nie, zumindest nicht in eine günstigere Richtung.

Mit der Zahl im Kopf sah ich mir andere Häuser in der Nachbarschaft an. Wenn wir unsere Karten richtig ausspielten, konnten wir das Haus verkaufen und damit unsere Schulden begleichen. Zwar würden wir nichts übrig behalten, das hat die Refinanzierung, die wir gemacht hatten, als Dad an Krebs erkrankte, garantiert, aber immerhin wäre sie die Schulden los.

Es war Zeit für mich, nach vorn zu schauen. Frannie konnte ihr Leben mit Jacob haben, wie sie es sich immer gewünscht hatte, und ich – keine Ahnung – ich würde irgendetwas tun.

Ich hatte meine alte Schrottkarre und es gab genug im Haus, das sich verkaufen ließ, um Dads andere Schulden zu begleichen und mir genug Zeit zu verschaffen, einen neuen Job zu finden.

Am nächsten Morgen besprach ich bei einer Tasse Kaffee alles mit meiner Schwester und erklärte ihr, warum ich gehen wollte.

Es war eine der schwersten Entscheidungen meines Lebens, aber sie verdiente es. Sie verdiente eine Chance auf ein besseres Leben. Ihre Sorgen wären damit zwar nicht alle verschwunden, aber es wäre ein Anfang. Und allein das war es wert.

## 1

## WALT

Noch zwei Meilen ... oder fünf? Diese Frage stellte ich mir jeden Tag. Meistens zwang ich mich, nach links abzubiegen und eine Runde um den Memorial Lake zu drehen. Aber es gab Straßenarbeiten und die Jogging-Strecke war gesperrt. Offenbar mein Glückstag. So hatte ich eine akzeptable Ausrede, um die kürzere Schleife nach Hause zu laufen und vielleicht unterwegs noch einen Happen zu essen zu besorgen.

Bagels waren nämlich meine Schwäche.

Zu 80 Prozent der Zeit schaffte ich es, mich möglichst ohne Kohlehydrate zu ernähren, aber *Bravo Bagel* konnte ich einfach nicht widerstehen. Erst recht, seit ich auf meinen morgendlichen Smoothie verzichtete. Außerdem gehörten Kohlehydrate zu einer ausgewogenen Ernährung und ich war total ausgewogen, wenn schon sonst nichts.

Unbewusst beschleunigte ich meine Schritte, je näher ich meiner Lieblingsbäckerei kam. Meine Gedanken waren vollkommen ausgerichtet auf einen warmen Bagel mit Schmelzkäse und dafür war ich auch bereit, die Seitenstiche zu ignorieren, nur um ein paar Sekunden schneller am Ziel zu sein. Als ich endlich ankam, war ich gleichermaßen erleichtert und enttäuscht, denn die Schlange reichte bis vor den Laden. Für einen Mittwochvormittag war erstaunlich viel los hier.

Die Baustelle am Park hatte vielleicht mehr Verkehr als gewöhnlich über den Grove Boulevard geführt und damit in Reichweite des köstlichen Duftes nach frischem Brot und anderen leckeren Backwaren.

Ich stellte mich also in die Schlange.

Drei Leute waren noch vor mir, als ich vor dem Schaufenster zum Stehen kam, durch das man ins Innere des Cafés schauen konnte. Ich sah die Auslage mit den Bagels und versuchte schon jetzt, eine Auswahl zu treffen, welchen ich nehmen würde. Normalerweise nahm ich den üblichen Salzbagel mit Räucherlachs, aber da noch einige Leute vor mir waren, standen die

Chancen nicht gut, dass ich noch meine erste Wahl bekam.

Aus dem Augenwinkel sah ich eine kleine Gruppe etwas abseits der Menge stehen. Sie lehnten sich an die Hauswand und unterhielten sich, während sie die Schlange beobachteten, aber sie sahen nicht aus wie Kunden. Sie wirkten harmlos, aber ich verspürte den Drang, sie zu beobachten und mich zu fragen, wie ihre Lebensgeschichten wohl lauteten.

Waren das Collegestudenten, die zwischen den Kursen hier abhingen? Gehörten sie zu den Bauarbeitern ein Stück die Straße runter, die hier nur Pause machten? Oder noch wahrscheinlicher: Waren sie obdachlos?

Obdachlosigkeit wurde ein immer größeres Problem in Oak Grove, seit die Gewürzfabrik geschlossen hatte. Zum einen fehlten nun jede Menge Jobs für die jungen Leute, zum anderen waren die Lebenshaltungskosten unbezahlbar geworden. Es war schwer für viele Leute, über die Runden zu kommen, wenn sie niemanden hatten, der sie unterstützte. Der Stadtrat sprach davon, ein Hilfsprogramm auf die Beine zu stellen, aber bisher war noch nichts dabei herausgekommen.

Bevor ich mich weiter damit befassen konnte, in meinem Kopf die Lebensgeschichten dieser Fremden zu spinnen, bewegte sich die Schlange weiter und auf einmal stand ich im Laden, direkt vor der Auslage. Der kräftige Geruch von Knoblauch und geröstetem Brot stieg mir in die Nase und mein Hunger kehrte mit voller Macht zurück.

„Ich nehme vier von diesen hier, vier von den Brezel-Bagels dahinten und vier mit Mohn." Ich deutete auf meine Auswahl und bestellte dann noch einen schlichten Bagel mit Räucherlachs, den ich direkt auf dem Heimweg essen wollte. Während ich darauf wartete, dass der Bagel frisch belegt wurde, holte ich schon mal einen aus der Tüte und biss hinein. Er schmeckte noch besser als sonst, weil ich so lange hatten warten müssen, bis ich endlich reinbeißen konnte.

Als ich den ersten Bagel verschlungen hatte, war der andere fertig und ich verließ den Laden. Auf dem Gehweg stand ich plötzlich den jungen Leuten gegen-über, die mir nachsahen, als ich mit meiner Tüte voller Bagels vorbeikam.

Ihre Blicke fühlten sich sehr abschätzig an. Als bewerteten sie meine Völlerei, meine Gier. Und es funktionierte.

Ich kam mir wie ein Mistkerl vor.

Ich brauchte kein Dutzend. Eigentlich brauchte ich gar keinen. Der Bagel mit Lachs und der, den ich schon gegessen hatte, reichten eigentlich aus. Und auch wenn es etwas peinlich war, ging ich doch zu der Gruppe hin und reichte ihnen die Tüte mit den frischen Bagels. „Bitte sehr.“

Der blonde Junge in der Mitte zögerte einen Moment. „Was ist das?“

Ich zuckte mit den Achseln und drückte ihm die Tüte in die Hand. „Ein paar Bagels. Die sind gut.“

Er nahm die Tüte und sah hinein. „Du willst sie nicht?“

„Ich hatte schon einen.“ Ich hielt die kleine Tüte mit dem belegten Lachs-Bagel hoch. „Und einen für unterwegs habe ich auch noch. Nur zu, nimm sie ruhig.“

„Danke, Mann." Er griff hinein und nahm einen, dann reichte er die Tüte weiter an den Jungen neben ihm. „Sehr nett."

Ich nickte und machte mich auf den Heimweg. Ich musste mich mehr für die Gemeinde engagieren. Wie genau, das wusste ich noch nicht, aber ich nahm mir vor, mich zu informieren, wie ich zu einer Lösung beitragen konnte, anstatt das Problem einfach zu ignorieren.

---

Ich suchte die Schubladen ab, konnte aber kein frisches Hemd für die Arbeit finden. Das bedeutete, sie waren alle in der Wäsche, im Trockner oder im Wäschekorb. *Bitte lass es der Trockner sein.*

Wäschewaschen gehörte zu den Aufgaben, die ich am meisten hasste. Nicht weil es schwierig war, sondern weil es so lange dauerte, bis alles erledigt war. Ich konnte nicht einfach anfangen und es sofort komplett erledigen. Ich musste darauf warten, bis die Wäsche gewaschen war, dann musste ich sie für zwei Stunden in den Trockner tun. Das nervte, erst recht, wenn ich mich eigentlich für die Arbeit umziehen musste.

Ich ging die Treppe hinunter in den Keller, auf der Suche nach etwas zum Anziehen.

*Ein Glück!* In meinem Trockner steckte meine Arbeitskleidung, sogar noch etwas warm. Ich holte meine Standarduniform heraus, ein schwarzes T-Shirt und schwarze Jeans, und zog sie an. Als Barkeeper in einer Omega-Bar musste ich einschüchternd und freundlich gleichermaßen aussehen. Ich musste also sexy genug aussehen, um charmant zu wirken, aber auch tüchtig, um die Stammkunden von *The Fallen Nut* zu schützen.

Kein Omega würde in dieser Bar belästigt werden, solange ich Dienst hatte.

Und falls sich im Laufe einer Schicht ein Omega-Single fand, der einen Alpha für die Nacht suchte, dann war das wie ein Sahnehäubchen auf dem Kuchen.

2
———

## NATHAN

ICH HATTE GENUG Videos auf YouTube angeschaut, wie „Leben im Van" oder „mein Auto ist mein Zuhause", um mir einzureden, dass es keine Schwierigkcit sein würde, nach Oak Grove zu ziehen, um dort zu leben und mich für ein Stipendium fürs Community College zu bewerben.

Ich hatte mich getäuscht.

Es war schlimm.

Ich war überzeugt, dass die Leute in den Videos Lügner waren, insgeheim total reich, und nur so taten, als würden sie in ihren Autos leben, während sie in Wirklichkeit in schicken Hotels schliefen, wenn gerade keine Kamera lief. Denn in der realen Welt merkte ich schnell, dass es im Auto stets entweder zu heiß oder zu kalt war. Es stank widerlich, wenn ich nicht alle paar Tage in den Waschsalon ging, und von wegen *ich benutze einfach meine Mitgliedskarte vom Fitnessstudio, um da gratis zu duschen und zu parken,* der Beitrag war zu teuer.

Allein ein Postfach zu bekommen, war schwieriger, als es sein dürfte.

Um die Pseudoadresse eines Postfachs zu bekommen, verlangten eine echte Adresse als Voraussetzung, was mal echt keinen Sinn ergab. Ganz abgesehen davon, dass ich keine hatte. Ich schaffte es irgendwie, ein überteuertes Schließfach zu bekommen, bei einer Firma, die eher fragwürdig wirkte. Ich hatte den Eindruck, dass da illegale Dinge abliefen, aber mir blieb keine andere Wahl.

Was auch immer.

Immerhin konnte ich mich dann auf Stellenangebote bewerben und hatte eine postalische Möglichkeit, mir Rechnungen – meine Mitgliedschaft im *Forever Fit,* dem billigsten Fitnessstudio der Stadt – schicken zu lassen. Langsam aber sicher kam ich voran.

Ich nahm mein Handy, das Ladekabel und mein Portemonnaie und war bereit für den Tag.

Die Vorhänge vor den Fenstern abzunehmen und zusammenzulegen, war zu meiner offiziellen Morgenroutine geworden. Manche ließen sie den ganzen Tag hängen, zumindest in den Videos auf YouTube. Aber ich packte sie zurück unter den Rücksitz, wo sie auf einer gefalteten Decke lagen. Alles andere hatte ich im Koffer. Ich wollte, dass alles so aussah wie eine Schrottkarre, nicht wie der Ort, an dem ich lebte.

Das fühlte sich sicherer an.

Ich ging anderthalb Häuserblocks weiter, wo ich wie jeden Morgen zu einem Fast Food-Laden ging. Eine Tasse Kaffee und ein belegtes Brötchen kosteten mich zwei Dollar und Wechselgeld, mit dem Bonus, dass ich hier mein Handy aufladen konnte. Ich hatte mich in den letzten Wochen auf zahlreiche Jobangebote beworben und drückte mir selbst die Daumen, dass irgendetwas dabei herauskommen würde.

Bisher hatte ich nur ein paar Aushilfsjobs gehabt. Das war gutes Geld, wenn es etwas zu tun gab, aber die meisten Firmen lagerten ihre Datenerfassung inzwischen aus und die Arbeit kam nicht mehr so regelmäßig, dass ich darauf hätte zählen können.

Ich saß da mit meinem Frühstück und stöpselte das Handy an die Ladestation. Bald würde ich ein Neues brauchen. Der Akku reichte nicht einmal mehr für den ganzen Tag, selbst wenn ich den Datenaustausch und das Wi-Fi ausschaltete. Ich schaltete es ein und sah eine Nachricht von Frannie.

*Danke für das Geld. Du musst mir aber nichts schicken. Ich komme zurecht. Du fehlst mir.*

Ich hatte ihr nur ein paar Hundert Dollar geschickt. Viel konnte man damit nicht ausrichten. Aber ihre Bemerkung, dass sie zurechtkäme, verriet, dass es immer noch knapp war. Meine Schwester war eine Menge Dinge, aber gewiss niemand, der beim Pokern eine Chance hätte. Zurechtkommen hieß doch, gerade so über die Runden zu kommen. Daher erwog ich, ihr auch den Rest meines Ersparten zu schicken.

Im Augenblick machte ich halbe-halbe. Die Hälfte meines Einkommens schickte ich ihr, die andere Hälfte kam auf mein Konto. Ich gab nur für das Nötigste Geld aus und hoffte, das Ersparte würde bald reichen, um eine Wohnung zu mieten oder ein Hotel, in dem man wochenweise ein Zimmer mieten konnte, mit Zahlungsaufschub.

Aber ich kam klar. Vielleicht könnte ich ihr noch etwas mehr schicken.

Ich trank einen Schluck Kaffee. Er schmeckte scheußlich, aber er war dennoch perfekt. Warm und vertraut. Es war bitter, dass dieser Laden hier einem Zuhause derzeit am nächsten kam. Dabei wusste keiner der Angestellten hier überhaupt meinen Namen, sondern nur, was ich jeden Tag bestellte.

Ich checkte meine E-Mails, aber da war nichts.

Kein Wort zu irgendeiner meiner Bewerbungen. Ich hatte mich nicht einmal auf qualifizierte Jobs beworben. Stattdessen hatte ich so viele Bewerbungen wie nur möglich abgeschickt, in der Hoffnung, irgendetwas würde sich ergeben.

Während ich aß und das Handy auflud, suchte ich im Internet nach weiteren Jobs, auf die ich mich bewerben konnte. Leider gab es da nichts. Ich musste einfach irgendwo auf gut Glück anrufen.

Ich machte einen Zwischenstopp bei meinem Wagen, um mein Sportzeug zu holen, damit ich später im Fitnessstudio duschen konnte, dann fuhr ich zu einer Gegend in der Stadt, wo ich es bisher noch nicht versucht hatte. Dort gab es Restaurants, Bars und Geschäfte, die vielversprechend aussahen.

„Heute ist der Tag", sagte ich zu mir und machte mich auf den Weg.

Die ersten beiden Geschäfte nahmen keine Bewerbungen an, zumindest behaupteten sie das. Es handelte sich um Boutiquen der gehobenen Art, wo eine Jeans und Hemd, das bessere Zeiten gesehen hatte, nicht hinpassten.

Als Nächstes versuchte ich es in einem schicken Restaurant. Die erste Frage des Managers war, ob ich einen Anzug hätte und ein Bügeleisen, es gäbe hier nämlich einen Dresscode. Ich ließ meinen Namen da, ohne mich von seinem herablassenden Blick einschüchtern zu lassen, aber ich rechnete nicht mit einem Rückruf. Angesichts der Preise auf der Speisekarte hätte ich nur ein paar Tische bedienen müssen, um an einem Abend das zu verdienen, was ich in meinem alten Job in einer Zwölfstundenschicht verdiente. Ich würde mir ein Bügeleisen besorgen, wenn sie mich anrufen sollten, aber ich ging davon aus, dass sie meine Bewerbung in den Mülleimer werfen würden.

Zuletzt versuchte ich es noch im *The Fallen Nut*. Von

außen wirkte es wie eine Kaschemme, aber im Fenster hing ein Schild ‚*Aushilfe gesucht*‘ und mehr Ermutigung brauchte ich nicht.

Erstaunlicherweise sah der Laden von innen gar nicht so übel aus. Es war noch früh am Tag, es gab nur wenige Gäste, aber ich hatte den Eindruck, später würde hier eine Menge los sein.

„Setz dich irgendwohin.“ Ein Mann winkte mir von der Bar aus zu.

Ich ging zu ihm. „Ich bin wegen eines Jobs hier?“ Es klang eher wie eine Frage, was nicht meine Absicht gewesen war.

„Bist du oder bist du es nicht?“, fragte er schmunzelnd.

„Bin ich.“ Ich reichte ihm die Hand. „Ich bin Nathan und noch ziemlich neu in der Stadt.“

„Ich bin Terrance. Collegestudent?“, fragte er und schüttelte meine Hand.

„Das ist der Plan, aber im Augenblick noch nicht. Man muss erst zwei Jahre hier wohnen, bevor man zugelassen wird.“

Er tauchte ab und als er wieder hochkam, hatte er eine Mappe in der Hand. „Ja. Ich verstehe die Begründung dafür, aber …“ Er schüttelte den Kopf. „Hier ist ein Bewerbungsformular. Und damit du es weißt, wenn du erst einmal ein paar Monate hier bist, haben wir ein Hilfsprogramm für Studiengebühren, für das du dich anmelden kannst.“

Ich machte große Augen. „Fehlt nur noch, dass du sagst, es gibt hier Zuschüsse zur Krankenversicherung.“ Ich brauchte diesen Job unbedingt.

„Wir sind keine Durchschnittsbar.“ Er reichte mir einen Stift. „Wenn du das hier jetzt ausfüllst, dann kann Knox mit dir das Bewerbungsgespräch führen, sobald er da ist.“

Es kam mir vor, als wäre ich aus Versehen in eine andere Dimension gewechselt. Wenn es nach mir ging, dann würde ich da auch bleiben.

## 3

## WALT

Mein Schädel hämmerte, als ich mir die Schürze umband und mich auf den Weg zur Bar machte. Meine Schicht fing erst in zehn Minuten an, aber ich war immer gern etwas früher da, um am Tresen mit den Kollegen zu quatschen. Heute hatte Corey den Laden aufgemacht und seine Schicht überschnitt sich mit meiner während der Stoßzeit am Abend, daher hoffte ich, es würde nicht allzu wüst zugehen. Das Letzte, was ich bei meinem Kopfschmerz jetzt noch gebrauchen konnte, war Drama.

„Sieh mal, wen die Katze angeschleppt hat." Corey zwinkerte mir zu, während er eine Flasche Tequila in die Luft warf und sie hinter seinem Rücken wieder auffing, um anschließend zwei Schnapsgläser damit zu füllen. „Du kommst gerade passend für meine nächste Show."

Ich rollte mit den Augen. „Toll."

Corey war unser hauseigener Flair-Barkeeper und zeigte seine Tricks gern so oft wie möglich. Da noch wenig los war, übte er wahrscheinlich an einem neuen Kniff, den er vor vollem Haus noch nicht riskieren wollte. „Geh und hol dein Portemonnaie. Du wirst so beeindruckt sein, dass du mir ein Trinkgeld geben willst."

Ich schmunzelte. „Rechne besser nicht damit."

Er kicherte und widmete sich seinen Gästen, während ich mir die Hände wusch und eine Flasche Wasser öffnete. „Hey, vergiss nicht die Schulung heute Abend."

Ich hörte auf zu trinken, die Flasche noch an den Lippen. „Was?"

Als er sich kurz entspannen konnte, lehnte er sich gegen den Tresen und schüttelte den Kopf. „Du hast Knox versprochen, die neue Aushilfe einzuweisen.

Nathan, glaube ich. Er ist noch sehr unerfahren, also gib ihm erst einmal nur Handlanger-Tätigkeiten."

„Ja, okay." Eine zusätzliche Hilfe beim Putzen zu haben, war immer gut. „Wann fängt er an?"

Am anderen Ende der Bar räusperte sich jemand leise. „Äh, ich schätze, jetzt."

Ich drehte mich um und erblickte einen der heißesten Omegas, die ich je gesehen hatte. Er wirkte panisch, als er mich ansah. „Und du bist?"

Er holte tief Luft, als müsste er seinen ganzen Mut zusammennehmen, dann straffte er die Schultern und reichte mir seine Hand. „Nathan Kendall, Sir. Ich bin wegen der Schulung mit Walt hier."

„Oh." Ich schüttelte die Hand, ohne zu fest zuzudrücken, und bemühte mich, nicht darauf zu achten, wie weich sich seine Hand in meiner anfühlte. „Ich bin Walt. Freut mich, dich kennenzulernen, Nathan."

Er lächelte und nickte knapp.

Ich wartete darauf, dass er noch mehr sagte, aber er war offenbar ein Mann weniger Worte, zumindest bei mir. Und fairerweise hatte man mir schon öfter gesagt, dass ich ziemlich einschüchternd wirken konnte bei einer ersten Begegnung, daher nahm ich es ihm nicht übel. „Okay, dann lass uns mal loslegen." Ich ging um den Tresen herum und warf einen nervösen Blick Richtung Knox, dann führte ich Nathan zum Pausenraum. „Wir haben hier unsere Spinde. Wenn ein Schlüssel drinsteckt, ist er noch zu haben."

Er nickte und ging zum erstbesten freien Spind.

„Du kannst deine Sachen und deine Jacke hierlassen." Ich ging zum Schrank und suchte den Stapel mit den T-Shirts durch. „S oder M?"

„Äh, M." Er zupfte am Saum seines Shirts und wirkte auf einmal nervös. „Ist das hier nicht gut genug?"

Ich zog drei Shirts aus dem Stapel und reichte sie Nathan. „Doch, das ist okay, aber wir haben für unsere Angestellten ein Shirt mit dem Logo der Bar, damit die Gäste sehen, wer hier arbeitet."

„Oh, ach so, das ist cool." Er entspannte sich ein wenig nach dieser Erklärung und ich konnte sehen, dass er mehr Fragen hatte, aber dann fragte er das Naheliegendste. „Soll ich mir also davon eins anziehen?"

„Ja, das wäre eine gute Idee." Ich nickte und räusperte mich. „Du kannst die anderen beiden hier im Spind aufbewahren oder mit nach Hause nehmen. Neuen Angestellten geben wir meistens zwei Shirts mit, aber dann müsste man zu oft waschen, also sind drei besser. Und wenn das nicht reicht, sag Bescheid, dann gebe ich dir noch mehr mit."

Er antwortete nicht, sondern drehte sich um, zog sein Shirt aus und legte es ordentlich zusammen. Dann räumte er es in den Schrank und zog sich das neue Shirt über.

Sobald er sich wieder zu mir umdrehte, setzte ich meinen Rundgang fort. „Bedien' dich bei allem, was an Snacks auf der Anrichte steht und bei den Getränken im Kühlschrank. Wir achten meistens darauf, dass die Vorräte gut aufgefüllt sind. Du kannst alles essen, es sei denn, es sieht so aus, als hätte es sich jemand von Zuhause mitgebracht. Das passiert nur selten, aber ein paar der Jungs haben Köche zu Hause, die sie gut versorgen."

Nathans Blick begegnete meinem, als wollte er etwas fragen.

„Ich nicht. Ich bringe nie etwas mit." Ich nahm einen Müsliriegel aus einem Korb und riss die Verpackung auf. „Und ich esse alles."

Das Lächeln auf Nathans Gesicht wirkte aufrichtig, als fühle er sich in meiner Gegenwart nun wohler. „Ja, ich bin auch nicht sehr wählerisch."

„Müsliriegel?" Ich hielt einen hoch und als er mit den Achseln zuckte, warf ich ihm einen zu. „Aber mal im Ernst. Bedien' dich einfach. Bei dem vielen Herumlaufen, das du tun wirst, bekommst du Hunger. Und die Chefs sind der Ansicht, dass es sich besser arbeitet, wenn man nicht hungert."

„Klingt vernünftig."

Oh, er taute ein wenig auf. „Oh, und wenn du Medikamente brauchst, der Medizinschrank ist hier." Ich öffnete den kleinen Schrank an der Wand und holte eine Packung Ibuprofen heraus. Ich wollte sie schon öffnen, als mir bewusst wurde, dass mein Kopfschmerz praktisch verschwunden war. Seltsam. „Also, da du jetzt hier alles gesehen hast, lass uns nach vorn gehen, dann stelle ich dich den Kollegen vor. Die sind alle ziemlich cool."

„Okay."

Ich grinste angesichts seiner knappen Bemerkung. „Mach dir keine Sorgen, Junge. Ich bin auch noch nicht so lange hier. Nicht mal ein Jahr. Und es ist der beste Job, den ich je hatte. Es wird dir gefallen.“

Er sah mich fest an und atmete langsam aus. „Ich glaube, das ist jetzt schon der Fall.“

$$4$$

# NATHAN

Ich hatte damit gerechnet, den ganzen Abend Tische abzuräumen, und so war es dann auch. Ich war noch nie in einer Bar mit so vielen Gästen gewesen. Es war erstaunlich. Ich räumte den ganzen Abend leere Gläser ab, füllte den Geschirrspüler und wieder von vorn.

Alle entschuldigten sich dafür, dass sie mir nichts erklären konnten, weil so viel los war, aber das störte mich nicht. Ich war beschäftigt und die Zeit verging wie im Flug. Mir blieb nicht einmal Zeit, um daran zu denken, wie sexy der Mann war, der mir alles erklären sollte.

„Ich glaube, das sind die letzten." Ich brachte ein Tablett Gläser in die Küche. „Ich weiß, alle sagen, heute ist mehr los als üblich, aber wie viel mehr?" Wenn hier jeden Abend so ein Trubel herrschte, konnte ich vielleicht Vollzeit arbeiten. Das wäre bei dem Stundenlohn fantastisch. Ich würde mir vielleicht schon eine Wohnung leisten können, bevor das Wetter kälter wurde.

Kirk kicherte. "Die denken immer, es ist weniger los, wenn Semesterferien sind. Aber das denken die Gäste eben auch und kommen in Scharen, weil sie denken, dann ist es leerer."

"Mit anderen Worten, es ist nie leerer?"

Er nickte und zuckte mit den Achseln. "So in etwa."

"Finde ich nicht schlimm. Kommt mir so vor, als hätte die Schicht gerade erst angefangen. Ich war so beschäftigt, dass ich nicht einmal auf die Uhr sehen konnte."

"Warte mal ab, wenn du die Trinkgelder siehst. Diese Abende sind die besten." Er rieb Daumen und Zeigefinger gegeneinander, als würde er Geld zählen.

"Oh, ich habe nur die Tische abgeräumt."

"Trinkgelder!", rief Walt in unsere Richtung.

„Komm, du wirst es schon sehen." Kirk nahm mir das Tablett ab und stellte es ab. „Folge mir. Ich schätze, der Job wird dir gleich noch besser gefallen."

Kirk lag damit nicht falsch. Ich verstand das System nicht, aber als alle mir Geld in die Hand gedrückt hatten, besaß ich mehr als in den letzten drei Wochen zusammen, in bar. Der Sinn dahinter war, dass alle zusammenarbeiten mussten, um den besten Service zu bieten. Daher hatten wir alle ein Trinkgeld verdient. Ich fand es unfair, bis ich sah, dass die Kellner einen recht guten Stundenverdienst hatten.

Walt hatte es ernst gemeint, als er sagte, mir würde es hier gefallen.

„Wir gehen nach Feierabend noch Pancakes essen, willst du mitkommen?", fragte Corey.

„Das solltest du. Die sind großartig", sagte der Typ, der das Geschirr spülte, dessen Namen ich aber nicht mitbekommen hatte.

„Die sind so groß wie dein Gesicht." Walt deutete die Größe mit seinen Händen an und für einen winzigen Moment dachte ich, er flirtete mit mir. Aber das war vielleicht doch eher Wunschdenken meinerseits.

„Leider habe ich meiner Nachbarin versprochen, den Hund rauszulassen, ansonsten wäre ich dabei."

Ich blickte hinunter auf das Geld in meiner Hand – Geld, mit dem ich nicht gerechnet hatte – und steckte es in die Hosentasche. „Vielleicht. Sehen wir mal, wann Feierabend ist." Na bitte. Das hörte sich nicht danach an, als wäre ich ungesellig oder zu arm für einen Pfannkuchen.

Wir machten uns alle daran, aufzuräumen und alles zu putzen.

Ich fing damit an, die Tische abzuwischen, während ich in Gedanken mit meinen Finanzen beschäftigt war. Nach ein paar Minuten stellte ich den Eimer ab. „Bin gleich wieder da, muss mal eben pinkeln", sagte ich zu dem Kollegen neben mir und ging zum Klo mit der Aufschrift Großer Omega an der Tür.

Bei meinem Rundgang hatte ich gedacht, das wäre ein Scherz, aber als ich das erste Mal hier auf der Toilette war, sah ich, dass es keineswegs ein Scherz war. Da hingen Schilder mit Codewörtern, die die Omegas der Bedienung sagen konnten, falls sie sich nicht sicher fühlten. Es war ein wenig schockierend.

Diese Leute hier kümmerten sich.

Sie kümmerten sich um ihre Angestellten.

Sie kümmerten sich um ihre Gäste.

Hierherzukommen, war die beste Entscheidung, seit ich in die Stadt gekommen war. Sobald ich im Klo war, holte ich das Geld heraus und zählte es. Ich brauchte neue Schuhe für die Arbeit. Das war unumgänglich. Vielleicht fand ich welche im Secondhandshop, Hauptsache bequem. Meine aktuellen Schuhe hatten nicht genug Profil, ich wollte nicht ausrutschen und die Gäste bekleckern. Dann wäre es schnell wieder vorbei mit den Trinkgeldern.

Ich hatte dreißig Dollar mehr, als ich erwartet hatte. Selbst wenn ich mir neue Schuhe kaufen musste anstatt gebrauchte, reichte es trotzdem noch für einen Pfannkuchen. Und wenn die sehr teuer waren, konnte ich mir immer noch einen billigen Toast bestellen oder so.

Es wäre eine gute Gelegenheit, die Kollegen besser kennenzulernen.

Allerdings sollten sie mich besser nicht so gut kennenlernen. Zumindest nicht die Sache mit der Obdachlosigkeit und dem abgebrochenen College. Ich würde lieber alles oberflächlich handhaben.

*Orange ist meine Lieblingsfarbe.*

*Ich tanze nicht gern, aber in Karaoke bin ich gut.*

*Ich spiele lieber Basketball im Park, als es mir im Fernsehen anzuschauen.*

Nichts von Bedeutung. Nichts, dass zu tief blicken ließe. Wenn ich erst einmal eine eigene Wohnung hätte, könnte ich richtige Freundschaften schließen, aber jetzt noch nicht.

Als ich zurückkam, war ich erstaunt, wie viel sie in der kurzen Zeit geschafft hatten. Die waren ein echtes Team. Ich erledigte die letzte Reihe Gläser und dann war Feierabend.

„Bitte sag, dass du mitkommst", sagte Kirk, als ich mein altes Shirt wieder anzog.

„Ja, ich könnte etwas essen." Ich steckte meine Schlüssel ein. „Ist es weit zu Fuß?"

„Nur einen Block entfernt. Sobald du vor die Tür kommst, kannst du es schon riechen." Er wackelte aufgeregt mit den Augenbrauen.

Der Duft war wirklich nicht zu ignorieren. Hätte ich nicht gewusst, dass es das Diner dort gibt, wäre ich allein schon bei dem Geruch in die Richtung gelaufen. Aber in einer Gruppe war es natürlich angenehmer. Ich ging mit den neuen Kollegen, lachte über ein paar blöde Aufreiß-Sprüche, die wir im Laufe des Abends gehört hatten, und ließ mir von den tollen Pancakes vorschwärmen.

Ich änderte meine Meinung mindestens fünfmal, bevor ich überhaupt im Lokal war und die Speisekarte gesehen hatte.

„Der runde Tisch ist frei", sagte jemand und deutete zu einem großen, ovalen Tisch in der hinteren Ecke. Er wirkte wie ein Fremdkörper zwischen all den Sitzgruppen und viereckigen Tischen, aber war offenbar sehr gefragt. „Die haben wohl geahnt, dass wir kommen."

„Sieht so aus", sagte die Kellnerin scherzhaft. „Alle ein Wasser?"

Wir nickten.

„Bin gleich wieder da. Soll ich euch allen das Spezialangebot bringen?" Sie zwinkerte und ging, um uns Wasser zu holen.

„Warte mal", sagte Ian, der Mann am Geschirrspüler, dessen Namen ich nun endlich mitbekommen hatte. „Ist heute Schinken-Pancake-Tag?"

„Schinken-Pancake?", fragte ich und setzte mich hin. „Sie mischen Schinkenaroma in den Pancaketeig?" Das klang nicht so richtig lecker.

„Besser." Kirk leckte sich über die Lippen. „Der Schinken wird in den Pancake eingebacken, dazu gibt es dann Ahornsirup."

Mir lief bereits das Wasser im Mund zusammen und als die Kellnerin kam, bestellte ich wie alle anderen das Spezialangebot. Ich wollte mir nur einmal etwas gönnen.

Morgen würde ich wieder sparsam sein. Ich wollte nicht gewohnheitsmäßig Geld verschwenden, egal, wie köstlich alles war und wie sehr ich die Gesellschaft genoss.

## 5

## WALT

„NOCH ZWEI DURCHGÄNGE." Knox klatschte in die Hände. „Auf geht's."

Ich stöhnte auf und griff nach der Hantel für eine weitere Runde. „Warum bist du denn heute so gut drauf?"

Knox bemühte sich um ein ernstes Gesicht, aber dann grinste er doch breit. „Wir sind wieder schwanger."

„Wow, das ist toll." Ich hob die Hantel noch einige Male, dann machte ich ihm Platz für seinen Durchgang. „Ich freue mich wirklich für dich und Sam."

„Ja, wir müssen wohl bald ans Haus anbauen. Es wird ziemlich voll, aber Sammy nennt das gemütlich."

„Ich hoffe, dieses ganze Bitcoin-Zeugs, in das du investiert hast, hat sich gelohnt. Da kommen horrende College-Gebühren auf dich zu in der Zukunft.“

Er machte seine Übung an der Hantel und trat dann zur Seite, damit ich wieder in Position gehen konnte. „Ja, im Ernst. Zum Glück haben sich die fünftausend Dollar, die ich investiert habe, echt rentiert. Seit ich eingestiegen bin, hat sich der Wert vier- oder fünfmal verdoppelt.“

„Verdammt.“ Ich pfiff anerkennend und beendete meinen Durchgang. „Ich hätte auf dich hören sollen, als du mir davon erzählt hast. Jetzt müsste ich schon beide Nieren und einen Lungenflügel verkaufen, um mir nur ein einziges Bitcoin-Dings leisten zu können.“ Der Zug war definitiv ohne mich abgefahren.

Nach dem Training folgte ich Knox zur Smoothie-Bar und wir bestellten einen Drink aus Grünkohl, Apfel und Banane. Solange der Mann am Entsafter nicht bei den Äpfeln sparte, konnte man das Zeug trinken. Lecker war das nicht, aber immerhin trinkbar.

Als wir an dem Bistrotisch saßen, der zu klein war für zwei riesige Alphas, wanderten meine Gedanken zu Nathan. Das passierte mir in letzter Zeit häufig. Ich hatte bis zum Wochenende erst wenige Schichten mit ihm gearbeitet, aber da war etwas an ihm, das mir unter die Haut ging.

Und das war nicht normal für mich.

Ich war nicht der anhängliche Typ, erst recht nicht mit Leuten, die ich gerade erst kennengelernt hatte. Ich neigte eher zu losen Bekanntschaften und ein paar engen Freundschaften, so wie mit Knox und Mitch, aber ich hatte nie engeren Kontakt mit den Kollegen. In der Tat war ich nicht ein einziges Mal in Versuchung gekommen, mit einem der Jungs von *The Fallen Nut* zu schlafen. Zugegeben, die meisten von ihnen waren ohnehin verpaart und standen nicht zu Debatte, aber ein paar Omegas hatten durchaus signalisiert, dass sie an mir interessiert wären, und ich hatte sie freundlich abweisen müssen.

Man aß ja schließlich auch nicht auf der Toilette.

Es war zu kompliziert und hätte am nächsten Morgen nur zu unnötigen Spannungen geführt. Denn es gab immer einen Morgen danach.

Deshalb ließ ich es immer locker angehen mit den Typen, die ich mit nach Hause nahm. Sie waren meistens Fremde, die ich in einer Bar oder im Fitnessstudio kennenlernte, aber wir wussten immer beide, dass es nicht bis zum nächsten Morgen dauern würde. Dieser Alpha verwandelte sich zurück in einen Kürbis, sobald mein Knoten abschwoll, und so war es mir recht.

Wieso warf ich dann jetzt kein Auge auf die süßen Typen, die aus dem Yoga-Kurs kamen? Wenn ich mir etwas Mühe gab, würde ich auf jeden Fall eine Telefonnummer ergattern. Aber das reizte mich nicht. Das Einzige, woran ich denken konnte, war, wie süß Nathan in seinem Arbeitsshirt aussah, und wie leise er anfangs immer sprach, wenn er nervös war, bis er sich räusperte und dann entschlossen weiterredete. Es war einfach niedlich.

„Du bist dran mit Reden.“

„Hä?“ Ich kehrte irritiert in die Gegenwart zurück.

Knox lehnte sich zurück und verschränkte die starken Arme vor der Brust. „Also, wieso grinst du wie ein Schulmädchen?“

Ich schürzte die Lippen, was mein dümmliches Grinsen nur noch mehr betonte. „Tue ich nicht.“

Er lachte und trat mir gegen den Fuß. „Doch, tust du. Also, raus mit der Sprache.“

Richtig. Er würde wahrscheinlich sowieso nicht lockerlassen. „Ich dachte bloß an ..., also, du kennst ja den Neuen? Nathan?"

Knox schüttelte langsam den Kopf. „Ich wusste es!"

„Was?" Ich gluckste und bemühte mich, cool zu bleiben. „Er scheint ein netter Kerl zu sein. Still, aber cool."

„Aha." Knox beugte sich vor und stützte beide Ellbogen auf dem Tisch ab. „Also, wenn es dir hilft, er findet sich auch nett und cool."

„Was?" Ich sah ihn an. „Hat er das gesagt?"

Knox lachte und schlug mit der Hand auf den Tisch. „Nein, du Idiot. Warum hätte er mir so etwas sagen sollen?"

„Arschloch." Ich stand auf und stellte mein leeres Glas auf den Tresen.

Er schlug mir auf die Schulter und kehrte mit mir zur Umkleide zurück. „Wenn du wissen willst, ob er dich mag, schreibe einen Zettel mit zwei Kästchen. Eins für ja, eins für nein. Funktioniert immer."

Ich stieß ihm in die Rippen und tauchte rechtzeitig ab, um seinem Faustschlag zu entgehen.

Mist. Knox war wie ein Köter mit einem Knochen. Er würde nicht so schnell damit aufhören. Zumindest nicht, bis er etwas Besseres gefunden hatte, womit er mich aufziehen konnte.

---

DIE BESTE METHODE, JEMANDEN AUS DEM KOPF ZU bekommen, war, jemand anderes *in* den Kopf zu bekommen, richtig? Also zog ich mir ein frisches Hemd an und eine Jeans, die etwas zu eng um Hintern und Oberschenkel saß und machte mich auf den Weg in die Bar.

Heute war mein letzter freier Abend für die nächsten paar Tage und ich musste dringend flachgelegt werden.

Normalerweise riss ich mir zwei- bis dreimal pro Woche jemanden auf, abhängig davon, wie müde ich war und was sonst so los war auf der Arbeit. Aber jetzt war das letzte Mal schon sieben Tage her und das war kein gutes Gefühl. Keine Ahnung, ob ich einen Stau in den Eiern hatte oder so, aber ich musste dringend Abhilfe schaffen.

Es wäre klüger gewesen, in eine Bar zu gehen, in der Nathan nicht arbeitete, damit wenigstens eine kleine Chance bestand, dass ich nicht die ganze Zeit an ihn denken würde. Aber Klugheit wurde mir nicht oft unterstellt, also ging ich direkt zu dem einen Ort, von dem ich wusste, dass er da sein würde.

Es war Montag Abend, kurz nach acht, daher war es nicht voll im *The Fallen Nut*. Ein paar Stammgäste verteilten sich im Raum, aber mein bevorzugter Tisch war frei, also ging ich direkt dorthin. Von da aus hatte man einen perfekten Blick auf den Fernseher, wenn er eingeschaltet war. Und an Abenden wie diesen, wenn es ruhig war und ein Spiel lief, waren alle Bildschirme eingeschaltet.

Sobald ich saß, kam Kirk und brachte mir ein Bier. „Du kannst wohl nicht genug von uns bekommen, was?"

Ich zuckte mit den Achseln. „Mitarbeiterrabatt."

Er grinste und ging, um sich einem anderen Gast zu widmen.

Ich sah mich möglichst unauffällig im Raum um, aber Nathan war nirgends zu sehen. Ich hatte total aus Versehen einen Blick auf den Arbeitsplan geworfen und wusste, dass Nathan in den nächsten Wochen die Schicht mit Kirk hatte, aber meine Stimmung sank in den Keller, als ich merkte, dass er nicht da war.

Und dann war er doch da.

Er musste wohl eine Pause gemacht haben, denn er kam von hinten aus dem Aufenthaltsraum und steckte sich etwas in den Mund, dann wischte er sich die Hände an der Jeans ab und ging direkt zu dem Tisch, der eben verlassen worden war. Er nahm die leeren Gläser und Flaschen und machte sich auf den Weg, als er merkte, dass ich ihn beobachtete.

Nathan stolperte und ließ beinahe die leeren Flaschen fallen, aber er fing sich noch rechtzeitig. Er wandte den Blick ab und schien absichtlich für den Rest des Abends jeglichen Blickkontakt mit mir zu vermeiden. Das wusste ich so genau, weil ich ihn die ganze Zeit dabei beobachtete, wie er mich nicht anschaute.

„Walter Hayes. Bist du es?"

Eine vage vertraute Stimme riss mich aus meinen Gedanken. „Was?"

„Walter, du bist es wirklich!" Ein Omega, den ich seit der Highschool nicht mehr gesehen hatte, warf sich mir an die Brust und schlang die Arme um mich. „Ich kann es nicht fassen, dass du hier bist. Wohnst du jetzt hier?"

„Ja." Erik? Aaron? Adam? „Wow, ist das schon zehn Jahre her?"

„Abel Janssen. Wir hatten den Kurs in Wirtschaftslehre zusammen. Erinnerst du dich? Ich musste immer die Anwesenheitslisten ins Sekretariat bringen, während Mr Haggerty die Hausaufgaben eingesammelt hat."

Daran erinnerte ich mich nicht, aber ich wollte nicht unhöflich sein. „Ja, Abel, sicher." Ich tätschelte ihm leicht den Rücken. „Freut mich, dich zu sehen."

Er setzte sich auf den Stuhl neben mir und fing an, von Leuten aus der Schule zu reden, mit denen er offenbar noch Kontakt hatte.

Diese Leute interessierten mich nicht im Geringsten, also blickte ich auf meine Uhr und gähnte. „Verdammt, schon nach zehn? Ich muss mal langsam los."

„Nach zehn? Wo zur Hölle bleiben meine Freunde?" Er holte sein Handy heraus und fing an, darauf herumzutippen. „Mist!" Er stand auf, lehnte sich über meine Schulter und blickte auf das Schild an der Wand. „Ist das hier *The Fallen Nut* oder *The Nutty Stump*?"

Ich lächelte und schüttelte den Kopf, während ich mich zurücklehnte, um aufzustehen. „*The Fallen Nut. The Nutty Stump* ist zwei Blocks weiter, an der Ecke."

„Verdammt!" Er stand ebenfalls auf. „Tja, war schön, dich mal wieder zu sehen. Vielleicht trifft man sich ja mal."

„Ja." Ich deutete Richtung Tür, damit er vorgehen konnte. „Vielleicht."

Bevor ich die Bar verließ, warf ich noch einen letzten Blick über die Schulter.

Dieses Mal erwischte ich Nathan, wie er mich beobachtete.

Und dieses Mal sah er nicht gleich weg.

## 6

# NATHAN

EINE SACHE, die ich besonders an meinem Job mochte, war die Chance auf Mehrarbeit. Ich hatte nur einmal erwähnt, dass ich gern zusätzliche Schichten machen würde, und schon bekam ich welche.

Es war großartig.

Wenn das so weiterging, würde ich noch vor dem ersten Schnee in ein heruntergekommenes Apartment einziehen und gleichzeitig meiner Schwester mit den Rechnungen für meinen Vater helfen können.

Hinzu kam noch, dass alle so nett zu mir waren. Es ging langsam bergauf.

Zumindest war ich dieser Ansicht während meiner Pause. Als ich zurück in die Bar ging, um die Tische abzuräumen, sah ich ihn – Walt. Es passte mir nicht, dass ich mich so zu ihm hingezogen fühlte. Und das lag nicht nur an seinem Aussehen. Er hatte etwas an sich, irgendetwas, das mich magisch anzog. Er war mein Boss, zumindest etwas in der Art, und es war eine blöde Idee, meinen tollen neuen Job zu riskieren, weil ich für ihn schwärmte, aber ich konnte einfach nicht anders.

Ich sah ihn direkt an und konnte auch nicht mehr wegschauen. Das war nicht gut. Gar nicht gut. Ich konnte mein Interesse einfach nicht verbergen. Während ich die Gläser und Flaschen abräumte, sah ich immer wieder zu ihm hin. Wahrscheinlich hätte ich ihn bis zum Ende meiner Schicht angestarrt, wenn er nicht ausgerechnet seinen Freund hier getroffen hätte.

Der Typ warf sich Walt an den Hals, wie ich es auch gern getan hätte. Was bedeutete, dass ich mein Interesse sofort im Keim ersticken musste. Es würde mir sonst nur das Herz brechen.

Ich konnte Walt nicht einmal Vorwürfe machen, dass er mir diesen Typen vorzog. Ich hätte ihn mir auch vorgezogen.

Er war heiß, eher in Walts Alter und sagte ich schon,

dass er heiß war? Seiner Erscheinung nach zu urteilen, hatte er außerdem einen guten Job, mit dem er sich Schuhe und Klamotten vom Designer leisten konnte. Der Typ war auf jeden Fall besser für ihn.

Ich schüttelte den Kopf und lachte über meinen Schwachsinn. Ich war doch sowieso nie im Rennen. Walt sah in mir den neuen Kollegen, den er anlernen sollte, mehr nicht. Nur weil ich abends zu Hause an ihn dachte, während ich mir einen runterholte, manchmal auch von ihm träumte, hieß das nicht, dass er auch an mich dachte, außer wenn ich nicht schnell genug arbeitete oder mit dem Geschirr herumbalancierte, so wie jetzt.

Das fehlte mir noch, dass ich etwas fallenließ und kaputtmachte und das mir dann vom Lohn abgezogen wurde, nur weil ich ein eifersüchtiger, sabbernder Idiot war.

Walt rettete mich davor, von seiner Anwesenheit abgelenkt zu werden, indem er mit dem heißen Typen die Bar verließ. Bestimmt gingen sie nach Hause für verschwitzten Spaß.

„Ist alles okay?", fragte Knox.

Na toll. Jetzt bin ich auch noch unangenehm aufgefallen. „Ja", log ich. „Ich bin nur ungeschickt. Geht schon."

Bevor er antworten konnte, ging ich in die Küche und holte ein Tablett. Damit konnte ich schneller die Tische abräumen, denn gerade war eine größere Gruppe hereingekommen, die einen freien Tisch suchte.

Eine Pause zu machen, war vielleicht nicht die beste Idee gewesen.

„Da kommt noch mehr", sagte ich zu Ian, der am Geschirrspüler stand. „Ich habe eine Pause gemacht und auf einmal trinken alle."

„Na so was." Er reichte mir ein Gestell mit sauberen Gläsern, die ich mit nach vorn nehmen sollte. „Das hier ist eine Bar. Da trinken die Leute was."

„Stimmt. Aber beim nächsten Mal mache ich keine Pause. Da draußen ist der Teufel los."

„Und es wäre noch schlimmer, wenn wir unsere Pausen durcharbeiten", sagte Mitch neben mir. „Die gibt es mit gutem Grund." Er nahm mir die Gläser ab. „Ich mache das schon."

Nie im Leben hätte ich erwartet, dass ausgerechnet eine Bar seine Mitarbeiter so gut behandelt. Wahrscheinlich lief der Laden deshalb so gut. Wir wollten alle gern hier sein.

„Danke." Ich nahm den Putzeimer und folgte ihm. „Ich wische schnell über die Bar."

Nach dem ersten Wischen folgte ein zweiter Durchgang, dann brachte ich wieder Gläser nach vorn und holte anschließend Sodas für die Gäste, die noch fahren mussten. Der Abend verging wie im Fluge und genau das hatte ich gebraucht. Wäre nichts los gewesen, hätte ich die ganze Zeit nur an Walt gedacht und was er wohl gerade mit Mr Sexy tat, während ich doch eigentlich Geld verdienen sollte.

„Denk daran, heute ist Zahltag", sagte Ian. „Achte also darauf, dass deine Zeitkarte passt, denn die wird gleich morgen früh eingesammelt."

„Danke." Ich ging in den Pausenraum, aber nicht, um auf meine Zeitkarte zu schauen, denn die war gewissenhaft geführt, weil ich schon mal um Geld betrogen worden war, nur weil eine Unterschrift gefehlt hatte. Das war Betrug, aber niemand hatte sich dafür interessiert, was ein Siebzehnjähriger zu sagen hatte. Ich hatte meine Lektion gelernt, auf Details aufzupassen.

Nein, ich ging in den Pausenraum, um meinen Kontostand abzufragen.

Ich rief die Bank-App auf und loggte mich ein. Der Lohn war auf meinem Konto eingegangen. Ein solider Grundlohn, der nicht einmal das ganze Trinkgeld enthielt. Ich tätigte eine Überweisung und schickte alles bis auf zwanzig Dollar an meine Schwester. Ich behielt gerade genug auf dem Konto, um den Beitrag für das Fitnessstudio zu bezahlen. Ich musste dringend hier vor Ort ein Konto eröffnen, um auch Bargeld einzahlen zu können, aber dazu brauchte man eine Wohnadresse, die ich noch nicht hatte.

Aber wenn das in dem Tempo weiterging, dauerte es nicht mehr lange. Selbst nachdem ich meiner Schwester meinen Lohn geschickt hatte, blieb mir noch genug, um innerhalb eines Monats genug für eine Kaution anzusparen.

Dank *The Fallen Nut* gab es endlich ein Licht am Ende des Tunnels.

Eigentlich war es gut, dass Walt mit dem Typen weggegangen war.

Ich konnte es mir nicht leisten, diesen Job wegen einer albernen Schwärmerei zu verlieren. Die Leute waren nett, die Arbeit war einfach und die Bezahlung war großartig für jemanden, der nicht einmal einen College-Abschluss hatte. *The Fallen Nut* war alles, was ich brauchte. Ich musste dafür nur auf etwas verzichten, was ich gerne hätte.

Es war leichter, auf etwas zu verzichten, was man gerne gehabt hätte, wenn dieser Wunsch nicht erwidert wurde.

Offenbar war ich Mr Sexy zu Dank verpflichtet.

Auf abstruse Weise half er mir, ein Dach über dem Kopf zu bekommen, das nicht auf vier Rädern fuhr und wo mir kein Sicherheitsgurt mehr in den Rücken drückte.

Wenn ich nicht gewusst hätte, dass er einen Partner hatte, hätte mich meine Besessenheit mit Walt am Ende meinen Job gekostet. Entweder, weil es ihm unangenehm geworden wäre, dass ich ihn ständig anstarrte, oder weil ich mich ihm an den Hals geworfen hätte.

Zu wissen, dass er nicht zur Verfügung stand, machte es einfacher.

Auch wenn es eigentlich Mist war.

## 7

## WALT

Offenbar hatte ich ihn falsch eingeschätzt.

Während der ersten Woche hatte ich mir dummerweise vorgemacht, dass Nathan auf mich stand. Die beiläufigen Blicke, das Lächeln, das er zu verbergen suchte, und selbst die kleinen Scherze, die er machte, wenn wir beide unter uns waren, das alles ließ mich annehmen, dass daraus etwas werden könne.

Aber dann veränderte er sich.

Was auch immer ich in ihm zu sehen geglaubt hatte, war wieder verschwunden. Als ich an dem Abend die Bar verließ, sah ich in seinen Augen, dass es, was immer es auch war, verschwunden war.

In den folgenden Wochen musste ich mich der

Realität stellen und Nathan als Kollegen und Bekannten akzeptieren. Das war in Ordnung. Einfach. Und anders als meine anderen Freundschaften.

Mit Knox und den anderen Alphas, mit denen ich Zeit verbrachte, musste ich immer den harten Kerl geben. Wir erzählten uns grobe Witze, boxten uns gegenseitig auf den Arm und machten Trinkspiele. Was echte Kerle eben so machten. Aber mit Nathan war das anders. Ich konnte es nicht genau in Worte fassen. Da war immer noch eine unterschwellige sexuelle Spannung, die ich unter Verschluss hielt, aber es war trotzdem nett. Mehr wollte ich mir selbst nicht eingestehen.

Als unsere Schicht am Sonntagabend endete, war ich aufgekratzt und hungrig. Sehr hungrig. Ich hatte das Mittagessen ausfallen lassen, weil ich drei Stunden bei der Verkehrsbehörde in der Schlange gestanden hatte, um meinen Führerschein verlängern zu lassen, der an meinem letzten Geburtstag abgelaufen war. Als ich jetzt endlich zum Durchatmen kam, war der Hunger überwältigend.

„Also, dann gute Nacht." Nathan zog sich den Hoodie über und machte sich fertig zum Gehen.

„Ja, gleichfalls." Ich holte meinen Mantel aus dem

Spind und zog ihn an. „Hey, hast du Lust auf Pancakes? Ich komme um vor Hunger."

Nathans Augen wurden groß, er sah beinahe panisch aus und brauchte einen Moment, bevor er antwortete. „Äh, danke, aber ich sollte besser nicht."

Ich sah ihn aus schmalen Augen an. „Hast du keinen Hunger? Du bist gerade sechs Stunden hin und her gelaufen. Wie kann das sein?"

Nathan schenkte mir ein schüchternes Lächeln, aber sein Verhalten war so zurückhaltend wie bei unserer ersten Begegnung. „Das ist es nicht. Es ist nur ..." Er steckte die Hände in die Hosentaschen und blickte hinunter auf seine Füße. „Es mag bescheuert klingen, aber ich bemühe mich, meinen Finanzplan einzuhalten. Es ist nur ..., also, ich mache mir ein Sandwich, wenn ich ... nach Hause komme."

Er sah mich nicht an, während er sprach, und das gefiel mir nicht. Aber es war offensichtlich, dass er sich unwohl fühlte bei dem Thema, daher drängte ich nicht weiter. „Das ist doch nicht bescheuert. Das ist klug. Ich respektiere jeden, der sich Ziele setzt und bereit ist, dafür zu sparen."

Nathan blickte auf und sah mich an. „Im Ernst?"

„Natürlich." Ich machte meinen Spind zu und nahm seinen Arm und dirigierte uns beide Richtung Tür. „Und ich habe eine viel bessere Idee."

Er ging steif neben mir her und sagte kein Wort. Aber ich fing einen neugierigen Blick durch seine langen Wimpern auf.

„Wie wäre es, wenn ich Arme Ritter nach dem berühmten Rezept meines Vaters mache? Ich habe dafür alles zu Hause und der Aufwand lohnt sich." Ich drückte sanft seine Schultern, dann ließ ich meinen Arm sinken und nahm etwas Abstand. Er mochte seine Schwärmerei für mich hinweg sein, aber ich war mir nicht so sicher, ob ich nicht selbst einen Ständer riskierte. „Versprochen."

Nathan blieb stehen und ihm klappte die Kinnlade herunter. „Du willst kochen? Für mich? Bei dir zu Hause?"

„Ja." Ich stupste ihn sanft am Ellbogen an. „Ich koche nicht gern für mich allein. Und da mein Mitbewohner ausgezogen ist, koche ich eigentlich gar nicht mehr, sondern nehme mir von unterwegs etwas mit oder benutze die Mikrowelle."

Er ging weiter. „Bist du sicher?"

„Absolut." Ich öffnete die Tür zum Angestelltenpark-
platz und sah mich um. Nur noch wenige Autos
standen hier. Mein Wagen stand gleich bei der Tür,
nur wenige Schritte entfernt. „Das ist meiner. Wo hast
du geparkt?"

Nathan holte tief Luft und deutete auf einen alten
Kombi am anderen Ende des Parkplatzes. „Dahinten.
Schickst du mir die Adresse aufs Handy?"

„Klar." Ich holte mein Handy heraus. „Wie lautet
deine Nummer?"

Nachdem ich ihm die Details geschickt hatte, stieg ich
in mein Auto und ließ den Motor laufen, während ich
darauf wartete, dass Nathan mir folgte. Er hätte auch
die Navi-App benutzen können, aber ich wohnte nur
ein paar Meilen entfernt. Wenn ich nicht zu schnell
fuhr, würde er mir folgen können.

Sobald wir auf der Hauptstraße waren, wurde mir
bewusst, was ich gerade getan hatte. Es war dumm,
idiotisch und gefährlich.

Ich hatte einen jungen Omega zu mir zum Essen
eingeladen, obwohl wir beide müde und verletzlich
waren. Außerdem war ich absolut geil.

Aber es ging nur um eine Mahlzeit.

Und Nathan war nicht an mir interessiert.

Ich nahm an, dass er jemanden kennengelernt hatte. Oder war schon die ganze Zeit mit jemandem zusammen gewesen und hatte nur ein paar Tage lang Augen für mich gehabt, weil ich ihn angelernt hatte. Wie auch immer, wir sollten doch wohl in der Lage sein, eine platonische Mahlzeit einzunehmen.

Und wenn nicht, tja, dann mussten wir das Beste draus machen.

## 8

## NATHAN

*ARME RITTER.*

Ich betrachtete es von allen Seiten. Das war kein typisches Essen für ein Date. Andererseits, wann man den Morgen nach einem Date mitzählte, dann schon eher. Aber niemand umgarnte jemanden mit Armen Rittern.

Das brachte mich zurück zu meiner anfänglichen Überlegung, dass sein Angebot nichts mit einem Date zu tun hatte. Er wollte mich nicht aufreißen. Er hatte Mitleid, weil ich keine Pancakes essen wollte wegen meiner Sparpläne. Er wollte mir helfen, mich weniger wie ein Verlierer zu fühlen. Denn Walt war nett.

Ich hätte dankend ablehnen sollen. Aber nein, ich musste ihm ja unbedingt meine verletzliche Seite zeigen.

Und meine finanzielle Lage wurde langsam besser.

Essen zu gehen, hätte mich nicht ruiniert, ich hätte dafür nicht aufs Duschen oder so verzichten müssen. Vielleicht hätte sich mein Sparplan um einen oder zwei Tage verzögert. *Oder ich hätte weniger Geld nach Hause geschickt.* Und das konnte ich nicht riskieren. Hier und da sinnlos Geld auszugeben und mir dabei einzureden, dass die kleinen Beträge doch keinen Unterschied machten.

Denn so war das nicht. Noch nicht.

Eines Tages würden sich die Versicherungen vielleicht doch noch entschließen, die Rechnungen für Dad zu übernehmen. Aber vielleicht auch nicht. Ich verstand zu wenig davon. Der Sachbearbeiter klang optimistisch, aber das musste nichts heißen, bisher war ja auch nichts dabei herausgekommen. Besser, man hielt sich an die Realität, anstatt auf irgendetwas zu warten, was nie eintreffen würde.

Ich sah mich im Wagen um, ob irgendetwas Walt verraten könnte, wie meine Lage war. Ich war immer sehr vorsichtig in dieser Hinsicht. Nicht so sehr wegen der Meinung anderer Leute, als vielmehr aus Sicherheitsgründen. Ich wollte auf jeden Fall verhindern, dass jemand das Auto aufbrach und mir das Wenige, was ich noch besaß, klaute. Oder schlimmer, das Auto würde abgeschleppt, weil man nicht drin wohnen durfte. Wer auch immer sich solche Regeln ausdachte. Vielleicht war ich paranoid, aber was blieb mir anderes übrig?

Mein Handy summte. Vielleicht hatte er seine Meinung geändert. Wäre verständlich. Er hatte immerhin einen Freund.

Ich holte mein Handy aus der Tasche und sah eine Nachricht vom Fitnessstudio, dass die letzte Zahlung eingegangen war. Ich hatte total vergessen, dass heute die Abbuchung war. Die Summe war nicht klein. Anstatt nachzusehen, wie schlecht ich finanziell jetzt dastand, ignorierte ich die Nachricht, stieg ins Auto und folgte dem GPS zu Walts Wohnung. Für andere mochte das eine kleine Sache sein, für mich war es enorm.

Ich hatte ein schlechtes Gewissen, mit leeren Händen zu Walt zu kommen. Ich war so erzogen, dass man etwas für den Gastgeber mitbrachte, wenn man zum

Essen eingeladen war. Schon komisch, wie sehr die Worte meines Vaters mir im Gedächtnis hängengeblieben waren. Er fehlte mir, nicht nur weil ich ihn nicht besuchen konnte. Er war schon lange nicht mehr er selbst gewesen.

Die Tür ging auf und beendete meinen Gedankengang. „Komm rein." Walt machte einen Schritt zur Seite und ich trat ein.

„Schön, dass du hergefunden hast. Ich habe gerade angefangen zu kochen. Ich hoffe, du hast Hunger."

„Äh, ja." Ich folgte ihm in seine kleine Küche.

„Setz dich, ich bin gleich soweit."

„Ich kann doch helfen." Es war das Mindeste, wenn ich schon verköstigt wurde.

„Dann würdest du mein Geheimrezept aber sehen." Er zwinkerte mir zu.

„Soll ich die Augen schließen, damit ich die Eier, die Milch und den Vanilleextrakt nicht sehe?", witzelte ich und setzte mich an den Frühstückstresen.

Er öffnete einen Schrank und holte einen Milchkarton heraus. Nein, keine Milch. Eierpunsch. „Familiengeheimnis." Er legte sich verschwörerisch einen Finger an die Lippen.

Dann erzählte er mir, wie sein Vater eher zufällig Arme Ritter mit Eierpunsch erfunden hatte, und dass es in der Familie ein Lieblingsfrühstück am Geburtstag war. Wir redeten über unsere Lieblingsvarianten bei Pancakes und Waffeln und konnten uns nur auf Butter als gemeinsamen Nenner einigen. Und schließlich wuschen wir gemeinsam das Geschirr ab.

Es war schön und normal und genau das, was ich gebraucht hatte.

„Vielen Dank für das Essen." Ich nahm meinen Schlüssel vom Tresen. Ich wollte sagen, dass ich beim nächsten Mal dran wäre mit Kochen, aber eine solche Versprechung konnte ich nicht machen. Nicht, solange ich noch in meinem Auto wohnte.

„Musst du schon gehen?", fragte er.

Es war fast drei Uhr nachts. Nicht gerade früh, aber ich war nicht mal eine Stunde hier gewesen.

Ich zuckte mit den Achseln und sah ihn an. „Ich dachte ..." Ich hatte keine Ahnung, was ich dachte.

„Ich bin total aufgedreht und wollte mir einen Film ansehen. Ich meine, wenn du es nicht eilig hast, nach Hause zu kommen?"

„Ich habe es nicht eilig." Den Teil mit nach Hause sparte ich mir. Ich wollte ihn nicht anlügen, aber irgendwie ließ es sich nicht umgehen. „Welchen Film denn?"

Er zog eine Augenbraue hoch. „Aliens?"

Ich nickte. „Gute Wahl."

Er lächelte breit. „Meine Freunde mögen Aliens nicht. Nur zur Warnung: Es könnte sein, dass ich dich auch noch für einen zweiten Film überrede."

Ich hielt nicht mal den ersten Film durch. Ich dachte, ich wäre hellwach gewesen, aber das sanfte Licht des Fernsehers, dazu der volle Bauch und das angenehme Gefühl von Sicherheit, das alles ließ mich schon einschlafen, kurz nachdem der erste Mensch Kontakt mit etwas Außerirdischem hatte.

Ich erwachte, kuschelig und warm, das Licht war aus, ich lag unter einer Decke, am Horizont zeigte sich das erste Tageslicht. Ich hätte aufstehen und mich davonschleichen sollen. Das hier war kein Date mit Übernachtung. Es war überhaupt kein Date. Ich war noch immer verwirrt darüber.

Er hatte doch einen Freund, richtig?

Aber ich konnte mich nicht überwinden, aufzustehen. Walts Geruch umgab mich, seine Decke war kuschelig, ebenso wie das plüschige Sofa.

Also machte ich die Augen wieder zu und genoss den Hauch von Gemütlichkeit.

9

## WALT

Normalerweise habe ich einen leichten Schlaf. Eigentlich weckt mich schon das kleinste Geräusch auf. Das war ziemlich nervig in einem alten Haus, wo das Holz ständig knarzte.

Aber mit Nathan auf meiner Couch schlief ich tiefer als normalerweise. Die Tatsache, dass ich fast bis zum Morgengrauen auf war, um ihm beim Schlafen zuzuschauen, war auch nicht hilfreich. Wie auch immer, ich schlief lange und rollte erst am Nachmittag aus dem Bett, um nach Nathan zu sehen.

Es hätte mich nicht überraschen dürfen, dass er nicht mehr da war.

Ich war mehr als nur ein wenig enttäuscht.

Ich war mit der Vorstellung eingeschlafen, später mit ihm Brunch zu essen und vielleicht noch ein paar Stunden zu verbringen, bevor ich wieder zur Arbeit musste. Aber das hatte sich nun erledigt. Wahrscheinlich war es ihm zu langweilig geworden, darauf zu warten, dass ich mal aufwachte.

Immerhin würde ich ihn bei der Arbeit wiedersehen. Wahrscheinlich. Ich hatte es so eilig gehabt, mit ihm die Bar zu verlassen, dass ich nicht nachgeschaut hatte, ob wir heute dieselbe Schicht hatten. Mist.

Mein Handy summte, ich hatte eine Nachricht bekommen, was immerhin dafür sorgte, dass ich nicht zu sehr in Selbstmitleid versank.

**Steht der Plan zum Laufen?**

Laufen? Ich sah auf die Uhr auf dem Kaminsims. Mist. Knox und ich waren in zwanzig Minuten verabredet.

**Geht klar. Mache mich in 5 min auf den Weg. Treffen an der Bank?**

**Komme dahin.**

Ich schnappte mir eine Banane, schälte sie über dem Mülleimer und zog mir meine Laufschuhe an. Ich war nicht in Stimmung zum Joggen, das war ich nie. Aber wenn ich nicht hinging, hätte ich ein schlechtes Gewissen Knox gegenüber. Und ich würde stattdessen die ganze Zeit darüber grübeln, wie ich mir den Verlauf des Abends gestern eigentlich gewünscht hätte.

Andererseits wusste ich nicht, was ich hätte anders machen können. Wir hatten Spaß. Nathan war etwas aufgetaut. Nicht komplett, aber immerhin etwas. Vielleicht war es gar keine schlechte Idee, erst einmal Freunde zu werden. Das hatte ich noch nie versucht. Ich riss mir entweder jemanden auf oder ich war befreundet, aber ich hatte noch nie versucht, aus einer Freundschaft etwas anderes entstehen zu lassen. Und realistisch betrachtet würde sich meine Freundschaft mit Nathan über ein paar Filmnächte hinaus nicht weiterentwickeln. Wie auch immer, vor allem musste ich Geduld zeigen.

Geduld war etwas, womit ich viel Erfahrung hatte. Niemals freiwillig, aber zum reinen Überleben.

Mit einem schweren Seufzer schlüpfte ich in meine Schuhe und machte mich auf den Weg in den Park zum Treffen mit Knox. Die frische Luft würde mir den Kopf freipusten und mich weniger wie einen Verlierer vorkommen lassen, nachdem ich verschlafen hatte, anstatt meine Chancen bei Nathan zu nutzen.

---

„NA ENDLICH." KNOX ERHOB SICH VON DER BANK, AN der wir uns immer trafen, und wischte sich den Dreck von der Hose. „Ich dachte schon, du hättest dich wieder hingelegt."

„Nur zu gern." Ich fing an, meine Beinmuskeln zu dehnen, erst das linke Bein, dann das rechte. „Aber alleine würdest du die Kurzstrecke laufen und du wirst etwas füllig um die Mitte. Nur weil Sammy schwanger ist, musst du nicht auch zulegen."

Knox kicherte und schubste mich, sodass ich beinahe umgekippt wäre. „An meiner Mitte ist nur ein Teil, das füllig wird. Und Sammy ist ziemlich glücklich damit, egal, wie füllig, besten Dank."

Ich grinste und lief langsam los. „Ja, wie auch immer. Rede dir das nur ein, Mann."

Auf den ersten Meilen unterhielten wir uns über irgendwelchen Blödsinn, dann schwiegen wir eine

Weile, bis Knox mir in den Arm kniff, um meine Aufmerksamkeit zu erlangen.

„Was?" Ich riss mich von meinem Tagtraum los und sah ihn an. „Hast du etwas gesagt?"

„Noch nicht, aber ich wollte dich wegen des Neuen fragen. Nathan."

Ich geriet kurz ins Stolpern und fragte mich, wie viel er wohl wusste. Konnte er überhaupt irgendetwas wissen? Es gab doch eigentlich gar nichts zu wissen. „Was ist mit ihm?"

„Was ist los bei ihm?"

Ich hörte einen ernsten Unterton bei Knox, verstand aber nicht, was er meinte. Ich verlangsamte das Tempo zum Gehen und sah ihn an. „Wovon redest du?"

Knox verschränkte die Hände hinter dem Kopf, um den Herzschlag zu verlangsamen, und ging neben mir her. „Ich kann den Finger nicht drauflegen, aber irgendetwas ist da. Er verheimlicht etwas oder er lügt. Ich weiß nicht, aber irgendetwas geht da vor."

Ich ging schweigend weiter, während ich über die Begegnungen von Knox und Nathan nachdachte.

Nichts kam mir daran irgendwie verdächtig oder seltsam vor, daher wusste ich nicht, was ich antworten sollte. „Keine Ahnung. Er macht auf mich einen netten Eindruck."

„Oh, absolut." Knox dehnte sich beim Gehen etwas und zeigte seine Muskeln. „Ich habe nicht behauptet, er wäre nicht nett. Er ist cool, kein Thema. Aber findest du nicht, dass er uns irgendetwas verheimlicht? Er reagiert sehr vage, wenn die Sprache auf seine Familie oder sein Zuhause kommt. Vielleicht kommt er aus einem üblen Elternhaus, auf jeden Fall stimmt etwas nicht mit ihm."

Mit angespanntem Kiefer dachte ich darüber nach, ob ich je Verletzungen oder andere Hinweise auf Missbrauch bei ihm gesehen hatte. Mir war nichts aufgefallen, aber ich war auch meistens ziemlich abgelenkt von seinen Lippen oder seinem Arsch, da wären mir blaue Flecke an den Armen oder am Hals nicht aufgefallen. „Mist. Meinst du wirklich?"

Knox zuckte mit den Achseln. „Vielleicht. Vielleicht auch nicht. Keine Ahnung. Aber das meine ich halt. Jedes Mal, wenn ich mit ihm über persönliche Dinge reden will, macht er dicht und tut furchtbar schüchtern."

„Manche Leute sind schüchtern und zurückhaltend in privaten Dingen." Ich posaunte auch nicht gleich alles heraus, wenn ich neue Bekanntschaften machte. Ich brauchte auch immer etwas länger, um mit Leuten warm zu werden. „Und vielleicht mag er dich einfach nicht."

„Ausgeschlossen." Knox schüttelte den Kopf und fing wieder an zu laufen, zurück zu unserer Bank. „Jeder liebt mich. Es muss an ihm liegen."

Ich wusste, dass Knox das im Scherz meinte, daher ließ ich das unkommentiert.

Aber so abwegig mir seine Worte auch erschienen, ich fing dennoch an, nachzudenken. Was wusste ich denn schon über Nathan? Ich hatte ihn schon ein paarmal gefragt, wo er wohnte, aber er war mir stets ausgewichen mit seiner Antwort. Anfangs dachte ich, er wäre ein kluger Omega, der lieber vorsichtig war mit fremden Alphas.

Aber vielleicht steckte doch mehr dahinter, als ich zunächst gedacht hatte.

Möglicherweise verbarg Nathan tatsächlich etwas vor uns.

Wahrscheinlich ging es mich nichts an, aber da ich nun darauf gestoßen worden war, konnte ich nicht mehr aufhören, mir endlos viele Szenarien auszumalen.

10

## NATHAN

„DANKE." ICH WARF mein Wechselgeld in die Dose für das Trinkgeld und trat zur Seite, um auf mein Essen zu warten.

Es war tolles Wetter und an solchen Tagen, wenn der Park gut besucht war, fiel ich weniger auf, wenn ich unterwegs etwas aß. Ein Mann in den Zwanzigern, der allein im Park saß, löste bei vielen Leuten den Verdacht aus, es könnte sich um einen Drogendealer handeln. Aber mit einem Hotdog in der Hand sah ich eher aus wie ein Student in der Mittagspause.

Und die drei Dollar, die Sam an seinem Stand dafür nahm, waren eine lohnende Ausgabe.

Heute herrschte im Park eine andere Stimmung. Die Ranger hatten eine Art Bühne aufgebaut. Vielleicht war ein Festival oder ähnliches geplant.

„Hier, bitte sehr", sagte Sam und reichte mir den Hotdog, um sich anschließend dem nächsten Kunden zu widmen.

Ich nahm mir ein paar Papierservietten, fügte noch extra Senf hinzu und ging dann auf den Fußweg durch den Park. Ich wollte noch nicht sofort essen. Zwar wurde der Hotdog dann kalt, aber seine optische Funktion war mir wichtiger, als etwas Warmes im Bauch zu haben.

Mein Handy summte in meiner Tasche und ich schaffte es irgendwie, es herauszuholen, ohne den Hotdog fallenzulassen oder mich mit Senf zu bekleckern.

Es war meine Schwester.

Ich tippte auf das Display, um den Anruf anzunehmen, als mir flau im Magen wurde. Heute war ein normaler Schultag. Die Tatsache, dass sie anrief, bedeutete, dass etwas passiert sein musste. „Hallo." Ich widerstand dem Drang zu fragen, was los sei, auch wenn es mir schwerfiel.

„Was soll das heißen, hallo?"

Mit der Reaktion hatte ich nun nicht gerechnet.

„Wie kannst du es wagen?"

„Was? Was habe ich getan?" Ich hätte schwören können, dass ich mich wie ein perfekter Bruder aufgeführt hatte. Ich habe ihr Geld für Dad geschickt, mich am Wochenende immer gemeldet und um nichts gebeten. Ich hätte einen Bruder wie mich gewollt.

„Du hast mehr Geld geschickt. Mehr. Geld."

Oh. Das stimmte. „Und?"

„Ich nehme an, du wohnst in einem schäbigen Stundenhotel, wo man beim Lichteinschalten die Küchenschaben auf dem Teppich sieht und die Ratten in den Wänden hört, während im Zimmer nebenan jemand lautstark massakriert wird."

Ich seufzte und begab mich zur nächsten Bank. Das würde wohl noch eine Weile dauern.

„So ist das nicht." Meine Unterkunft war noch übler als das, was sie vermutete, aber das musste sie ja nicht erfahren. „Und es gehört sich so, dass ich helfe. Müsstest du nicht eigentlich gerade jemandem den

Rotz von der Nase wischen oder Strafarbeiten verteilen?"

„Ich habe einen freien Tag, und nein, du solltest mir nicht all dein Geld schicken. Die finanzielle Lage ist etwas besser geworden. Ehrlich."

Sie fügte das letzte Wort etwas zu schnell hinzu für meinen Geschmack, als hätte sie die Lüge in ihrem eigenen Tonfall gehört und wollte sie mit einer weiteren Lüge übertünchen.

„Erzähl mir ja nicht, dass du in einem großen Palast wohnst. Ich habe deine Adresse nachgeschaut. Von wegen eine Suite. Das ist ein Postschließfach."

„Dazu hätte ich einiges zu sagen." Ich biss in den Hotdog. Ein Hund rannte an mir vorbei, den Besitzer im Schlepptau, der kaum Schritt halten konnte. „Ich habe einen tollen Job und verdiene gutes Geld. Und ich schicke dir noch nicht einmal alles." Nur die Hälfte. „Und ich habe nie behauptet, in einer Suite zu wohnen. Das ist nur meine postalische Adresse, weil man an Postfächer keine Pakete liefern lassen kann, aber an eine Suite sehr wohl. Das war sehr praktisch, als ich hergezogen bin. Und es gefällt mir, dass meine Pakete sicher darauf warten, bis ich sie abhole." Ich wollte nach ihren Finanzen fragen und warum sie einen Tag frei brauchte, obwohl sie das nicht gern tat. Aber ich ahnte, dass ich aufpassen musste, damit das Gespräch nicht eskalierte.

Nicht, dass es im Augenblick sanft dahinplätscherte.

„Schwörst du, nicht mit Kakerlaken, Ratten und Mördern unter einem Dach zu wohnen?"

„Ich schwöre. Du wirst es ja sehen, wenn du mich besuchen kommst." Ich hasste mich selbst dafür, sobald ich es ausgesprochen hatte. Jetzt fehlte nur noch, dass sie alles stehen- und liegenließ, um mich zu besuchen, obwohl ich doch noch gar keine Wohnung hatte. „Ich muss los. Mein Mittagessen wird kalt." Beides hatte zwar nichts miteinander zu tun, aber beides stimmte immerhin. „Ich hab dich lieb."

„Ich dich auch. Und ich mache mir Sorgen. Ich versuche, möglichst bald mal zu kommen. Aber mit Dad und der Hochzeit und allem ..."

„Ist schon gut. Ich kann ja dich besuchen kommen. Der Highway führt in beide Richtungen."

Wir verabschiedeten uns voneinander und ich widmete mich meinem Essen, während ich online nach einem Apartment suchte.

*Mitbewohner gesucht. Keine harten Drogen.*

Nein danke. Keine Drogen waren eine Sache, aber wenn die nur Probleme mit *harten Drogen* hatten, dann war das nichts, was mir zusagte.

*Zimmer zu vermieten im Austausch für nächtliche Hausmeistertätigkeiten.* Ich scrollte weiter. Ich würde nicht für ein Zimmer arbeiten. Ich hatte bereits einen Job in der Nacht und ich liebte ihn.

Die nächsten sechs Angebote waren außerhalb meiner finanziellen Möglichkeiten. Fünf sogar, wenn ich mein ganzes Geld behielt. Bei meinen aktuellen Suchkriterien waren die Mieten einfach zu hoch, also änderte ich meine Suchanfrage entsprechend und bekam nur vier Angebote angezeigt. Leider wollten alle die erste und die letzte Monatsmiete im Voraus, dazu eine Kaution und eine Empfehlung vom derzeitigen Vermieter.

„So finde ich nie eine Wohnung." Ich seufzte. Selbst mit all dem Geld, das ich auf die hohe Kante gelegt hatte, waren drei Monatsmieten auf einmal eine Menge. Und es war mir nicht möglich, so ein Empfehlungsschreiben von einem Vermieter zu bekommen.

*Ein schäbiges Stundenhotel.* Die Worte meiner Schwester kamen mir wieder in den Sinn. Ideal war das nicht, aber vielleicht sollte ich doch mal drüber nachdenken. Ohne die mörderischen Nachbarn natürlich. Andererseits waren selbst die schäbigsten Zimmer nicht viel billiger als die guten. Meine beste Option war es, noch etwas länger zu sparen. Im Auto zu wohnen, war nicht so schlimm. Zumindest, solange das Wetter mitspielte.

Mein Handy summte erneut. Dieses Mal war es Knox. *Kannst du heute die Schicht um drei übernehmen?*

*Klar,* antwortete ich umgehend. Das Geld könnte ich gut gebrauchen und der Himmel verdunkelte sich gerade. Wenn es regnete, war ich bei der Arbeit besser aufgehoben. Es war nicht die beste Schicht, aber manchmal konnte man es sich eben nicht aussuchen.

Ich verließ den Park und fuhr die kurze Strecke zur Arbeit. Die ersten Tropfen fielen auf die Windschutzscheibe, als ich den Wagen abstellte. Zumindest war ich vor dem richtigen Regen angekommen.

Ich rannte zum Eingang und lief direkt in Walt hinein. Natürlich.

Wochenlang hatte ich es geschafft, ihm aus dem Weg zu gehen nach diesem peinlichen Fiasko, von wegen: *„Deine Couch ist so viel bequemer als alles, worauf ich seit langem geschlafen habe"* und dem *„du bist so angenehme Gesellschaft, wie wäre es, wenn ich einfach mal hier einschlafe."*

„Sorry, ich habe nicht aufgepasst." Ich richtete mich auf und machte ein paar Schritte zurück.

Er lächelte. „Nicht schlimm. Ich hatte gehofft, es wäre Absicht gewesen."

Ich zog eine Augenbraue hoch. Was hatte das zu bedeuten?

Er fing an zu lachen.

Okay, vielleicht hat er nur einen Scherz gemacht. Damit konnte ich umgehen.

„Ich bin aber trotzdem froh darüber. Morgen gibt es eine Veranstaltung, die dich vielleicht interessieren könnte."

Es war also kein Scherz. Oder vielleicht doch. Ich dachte eindeutig zu viel nach. „Worum geht es denn?"

„Es gibt einen Weltrekordversuch im Park. Klingt unterhaltsam." Seine Augen leuchteten auf. „Mit Musik und Essen und allem."

„Muss ich für den Rekordversuch irgendetwas Verrücktes machen? Das ist keine Tanzveranstaltung oder so?"

„Wir müssen gar nichts machen. Es ist der größte Arme Ritter der Welt. Im schlimmsten Fall sind wir nur vollgestopft am Ende." Er ließ seine Augenbrauen spielen, als würde das nach einem perfekten Tag klingen.

Und ich verstand, warum er sich so freute. „Klingt unterhaltsam." Wie könnte ich das ablehnen? Es war kein Date ..., nahm ich an. Er wusste, dass mir so etwas gefallen würde.

„Toll! Ich hole dich ab." Er holte sein Handy heraus und öffnete die Kontakte. „Wie lautet deine Adresse?"

Ich hob die Hand und winkte, als stände jemand hinter ihm. Da war niemand. Aber es lenkte ihn ab. „Ich treffe dich vor Ort. Ich wohne ganz in der Nähe. Bis dann."

Ich lief um ihn herum und ging in den Pausenraum. Wenn ich Glück hatte, würde es morgen noch regnen und dann brauchte ich mir keine Sorgen machen, dass es wieder zu kuschelig mit ihm wurde. Als wir das letzte Mal allein waren, bin ich eingeschlafen. Beim nächsten Mal würde ich vielleicht etwas ausplaudern und das konnte ich mir nicht leisten.

Jetzt, da ich gerade anfing, mir hier ein Leben aufzubauen.

Aber wenn er mich direkt darauf ansprach, würde ich nicht lügen. Ausweichen, ja. Aber anlügen ..., nicht Walt. Es war schlimm genug, dass ich meine Schwester anlog. Aber bei ihr hatte ich keine Wahl.

## 11

## WALT

WIE ICH ES ERWARTET HATTE, war es lustig, mit Nathan abzuhängen, richtig unterhaltsam.

Aber das ließ mich erst recht rätseln, warum er mir aus dem Weg gegangen war. Als wir etwa zwanzig Minuten im Park waren, fing er an, sich zu entspannen. Und während des gesamten Vorgangs, als das riesige geröstete Brot vermessen und gewogen wurde, war er geradezu in Plauderlaune. Aber als wir dann auf einer Bank am Ententeich saßen, wurde es erst so richtig interessant.

„Zimt-Atem ist der Beste." Nathan schloss die Augen und beugte sich zu mir, um die Luft einzuatmen, die ich ausatmete.

„Ist das so?" Ich legte den Kopf schief, damit mein Mund näher an seinem war. „Aber wie schmeckt das?"

Er öffnete den Mund und streckte die Zunge heraus. „Kei e A ung. O ier al."

Es war nicht direkt eine Einladung, aber als Einverständnis würde es wohl gelten, also streckte ich vorsichtig meine Zunge heraus und berührte seine. „Mmm, köstlich."

Nathan machte große Augen, dann packte er mich am Nacken und presste seinen Mund auf meinen.

Zuerst war ich geschockt und saß einfach nur da, während er mir das Zimtaroma aus dem Mund leckte. Aber dann war ich Feuer und Flamme und erwiderte den Kuss. Seit unserer ersten Begegnung war dieses Verlangen in mir gewachsen und endlich konnte ich ihm nachgeben.

Als wir uns voneinander lösten, waren wir beide außer Atem und uns der Beulen in den Hosen schmerzhaft bewusst.

„Sorry." Er lehnte sich zurück und rieb sich mit der Hand über die geschwollenen Lippen. „Ich weiß nicht, was über mich bekommen ist."

Ich legte ihm eine Hand auf die Wange und wischte ihm mit dem Daumen etwas Speichel vom Mundwinkel. „Ich weiß, das ich beinahe über dich gekommen wäre."

Er machte große Augen und brach in lautes Gelächter aus. „Hast du das wirklich gerade gesagt?"

„Was?" Ich lachte und stupste gegen seine Schulter. „Ich fand, das war ein cooler Spruch."

Er legte den Kopf schief. „Im Ernst?"

Ich rollte mit den Augen. „Na schön. Wie wäre es damit?" Ich räusperte mich und nahm seine Hand. „Willst du, Nathan, mich ..."

Er riss mir die Hand weg und lehnte sich möglichst weit weg von mir. „Was tust du da?"

Ich unterdrückte ein Grinsen. „Du hast doch gesagt, du willst keinen blöden Spruch."

„Aber ich will auch keinen ... Also, was auch immer das werden sollte."

„Wenn du mich ausreden ließest, dann wüsstest du, was das werden sollte." Ich reichte ihm meine Hand und wartete ab, ob er mir vertrauen würde oder nicht.

Nathan starrte auf meine Hand, dann legte er seine langsam hinein. „Okay.“

„Willst du, Nathan, mein ...“ Ich hob seine Hand an meine Lippen und küsste sanft seine Fingerknöchel. „... mein Knutschpartner sein, bis wir zur Arbeit müssen?“

Nathans Lippen formten zögernd ein Lächeln. „Also, wenn du es so formulierst ...“ Er sah mir in die Augen und rutschte näher.

Wir trafen uns in der Mitte und ich küsste ihn zärtlich, langsamer dieses Mal. Die Befangenheit war jetzt verschwunden, es war leichter, sich näherzukommen, Dinge herauszufinden und den Körper des anderen besser kennenzulernen.

Meine Finger fuhren ganz automatisch in sein Haar und als er in meine Unterlippe biss, griff ich fest zu. „Fuck, Nate. Das wird langsam etwas unangemessen für den Park.“

Er nickte und lehnte sich weit genug zurück, damit unsere Lippen einander nicht mehr berührten, aber ich konnte noch immer seinen warmen Atem auf meinem Gesicht spüren. „Du hast recht.“

„Und was sollten wir dagegen unternehmen?" Ich ließ meine Hand über seinen Oberschenkel gleiten und drückte leicht zu.

„Ich will dich, Walt." Er küsste mich erneut, aber nur kurz. „Wirklich."

„Das freut mich zu hören." Ich knabberte an seinem Ohrläppchen und küsste seinen Hals. „Denn ich will dringend in dir sein."

Nathan atmete tief und geräuschvoll ein, während er den Kopf zur Seite legte, damit ich besser an seinen Hals kam. „Okay."

„Lass uns zu dir gehen." Ich stand auf und zog ihn in meine Arme. „Du wohnst näher."

Gerade war er noch Wachs in meinen Armen, aber plötzlich versteifte er sich komplett. „Was?"

„Ich fahre. Wir können deinen Wagen später holen." Ich legte ihm eine Hand auf den Rücken und wir gingen Richtung Parkplatz.

„Warte mal." Nathan entzog sich meinen Armen und fasste sich an den Kopf.

Der Ausdruck blanken Entsetzens auf seinem Gesicht brach mir das Herz. „Äh, nein. Ich kann nicht. Mir ist gerade etwas eingefallen. Ich muss los."

Bevor ich auch nur verstand, was los war, lief Nathan schon in die andere Richtung davon.

Schon wieder.

Der Junge war ständig auf der Flucht vor mir. Ich bekam langsam Komplexe.

Aber dann fielen mir Knox' Worte wieder ein. Irgendetwas verheimlichte Nathan uns. War er verheiratet? Hatte er ein Kind? Irgendetwas hielt ihn auf armlänge Abstand. Ich wollte zu gern wissen, was es war, aber es ging mich eigentlich nichts an. Es sei denn, Nathan kam zu dem Schluss, dass es mich doch etwas anging. Bis dahin musste ich mich zurückhalten.

Manche Dinge sollten einfach nicht sein. Und was auch immer beinahe passiert wäre, gehörte offenbar zu diesen Dingen.

## 12

## NATHAN

NICHTS BESAGT MEHR „ICH WILL DICH“, als von der Person wegzulaufen, die man will, aber genau das hatte ich getan.

Wieder einmal hatte ich mir gestattet, zutraulich zu werden. Und als mir das klar wurde, habe ich gekniffen.

Mehr als einmal dachte ich daran, ihn anzurufen.

Aber jedes Mal hatte ich zu viel Angst, um es wirklich zu tun. Wenn ich ihn ein wenig an mich heranließ, was würde mich dann noch davon abhalten, ihn zu nahe an mich heranzulassen? Nachdem ich stundenlang darüber gegrübelt hatte, tat ich, was jeder einsame Mann ohne Wohnsitz tut. Ich ging ins Kino, wo immer Klassiker gezeigt wurden.

Was für ein Klischee.

Und weil der Tag kaum noch schlimmer werden konnte, lief im Kino die ganze Woche nur eine kitschige Romanze mit einem reichen Geschäftsmann und einem heruntergekommenen Obdachlosen. Großartig.

„Einmal bitte." Ich schob das Geld durch die Öffnung in dem Ticketschalter.

„Danke, Sir. Heute ist nicht viel los. Ein Jammer. So ein fröhlicher Film." Der Ticketverkäufer gab mir die Eintrittskarte und das Wechselgeld. „Haben Sie eine Lochkarte?"

Tatsächlich hatte ich eine, denn so ein altmodisches Kino benutzte natürlich keine App, um Rabatte und Belohnungen zu buchen. Ich holte die Karte aus meiner Jackentasche. „Stimmt, die hätte ich beinahe vergessen. Danke."

Er stanzte die Karte gleich zweimal ab. „Gern geschehen." Er tippte gegen die Scheibe und mein Blick fiel auf eine Ankündigung, dass heute doppelt gestanzt würde. „Sie bekommen entweder eine Combo gratis oder das nächste Ticket frei."

Warum irgendjemand die freie Eintrittskarte wählen sollte, verstand ich nicht, denn die Combo war doppelt soviel wert. Aber da sie die Wahl ließen, musste es wohl Leute genug geben, die nicht rechnen konnten. „Ich glaube, der Duft vom Popcorn ruft schon nach mir." Ich winkte halbherzig und ging hinüber zur Ausgabe. Es gab drei Dinge. Popcorn, Lakritz und Soda. Mehr nicht.

„Was darf es denn sein?", fragte der Teenager hinter dem Tresen und ließ seinen Kaugummi platzen.

Ich reichte ihm meine Karte. „Eine Combo mit Cola, bitte."

„Mit Butter?"

„Bitte." Nahm irgendjemand im Kino jemals Popcorn ohne Butter?

„Filmklassiker-Fan?"

Ich erstarrte, als die Stimme, nach der ich mich so sehnte, hinter mir ertönte. „Oh, hi." Ich drehte mich zu Walt um, der allein vor mir stand. „Triffst du dich mit jemandem?"

„Nein." Er trat an den Tresen und bestellte die Combo mit Cola und Butter. Es lag mir auf der Zunge, ihm anzubieten, dass wir uns meine Portion teilen könnten, aber das hätte sich dann wie ein Date angefühlt. Und das hier war kein Date. Wir hatten eins, gewissermaßen, und das endete damit, das ich weggelaufen bin.

Ich nahm mein Popcorn und die Cola und stand da. Jap, ich stand einfach nur da und starrte Walt an. Hatte sein *Nein* bedeutet *Ich bin sauer* oder war das geflirtet? Oder vielleicht weder noch.

„Ich bin auch mit niemandem verabredet." An Peinlichkeit war ich einfach nicht mehr zu überbieten.

„Das trifft sich gut, denn ich hatte vor, mich neben dich zu setzen." Er nahm seine Snacks. „Geh voraus, Omega. Ich möchte sehen, ob meine Vermutung stimmt, wo du dich im Kino hinsetzen wirst."

Ich öffnete den Mund, um zu antworten, aber es kam nichts heraus. Stattdessen rauschte ich an ihm vorbei ins Kino und dachte gefühlt eine Million mal darüber nach, wohin ich mich setzen sollte, bis ich dachte, *pfeif drauf* und mich einfach dahin setzte, wo ich immer saß. In die letzte Reihe, wo niemand mir gegen den Sitz treten konnte.

„Ich hatte unrecht." Er setzte sich neben mich. „Ich dachte, du sitzt näher am Ausgang."

„Autsch." Ich stellte die Cola in den Becherhalter. „Aber passt schon. Und es tut mir leid, wegen ... allem eigentlich. Es ist nur so, dass ..., es ist mir peinlich, wie ich wohne." Ich würde ihn nicht anlügen und behaupten, dass mir meine Wohnung peinlich wäre, aber ich wollte auch nicht mehr zugeben als unbedingt nötig. Nicht, solange ich damit rechnen musste, als Nächstes einen mitleidigen Blick zu ernten, gefolgt von dem obligatorischen Angebot, mir seine Couch anzubieten. Nein, es war besser, alles so vage wie möglich zu belassen.

„Du hättest meine erste Wohnung sehen sollen. Ich hatte nachts Angst dort. Und ich hatte gefühlt tausend Mitbewohnern." Er nahm etwas Popcorn und steckte es sich in den Mund, leckte sich dann etwas Butter von den Lippen und ..., ja, ich beobachtete ihn, das Saallicht war noch hell.

„Tausend?"

„Ratten und Kakerlaken. Die ständigen Begleiter in heruntergekommenen Apartments." Er zuckte mit den Achseln. „Aber jetzt, tja, du hast es ja gesehen. Es ist ganz okay."

„Total okay." Ich lehnte mich zurück. „Weißt du, vorhin, da hatte ich Spaß."

„Riesige Arme Ritter sind großartig." Das Licht wurde gedimmt und auf der Leinwand tauchte eine tanzende Popcornschachtel auf, um Werbung für den Snack-Stand draußen zu machen.

„Genau, aber ich meinte eigentlich eher das andere."

„Das andere." Walt lehnte sich zu mir. „Du meinst, als du ganz heiß und gierig wurdest und dich an mich geklammert hast und mein Schwanz so steif wurde, dass er beinahe durch den Reißverschluss meiner Hose gebrochen wäre? Das andere?"

Ich schluckte schwer. Meine Hose wurde enger, allein von den Worten, die ihm über die Lippen kamen.

„Denn dabei hatte ich auch meinen Spaß. Ich habe sogar daran gedacht, als ich wieder zu Hause war und unter der Dusche stand." Seine Lippen näherten sich meinem Ohr mit jedem Wort. „Ich lehnte mich zurück, schloss die Augen und nahm mich selbst in die Hand bei der Erinnerung daran. Aber ich besitze eine lebhafte Vorstellungskraft und so kam ich mit der

Vorstellung, meinen Schwanz in dich zu rammen und dich mit meinem Knoten auszufüllen."

„Wir könnten das tun." Meine verzweifelte Bitte kam mit einem Quieken heraus.

„Das könnten wir absolut tun und ich würde es sehr genießen." Er knabberte an meinem Ohrläppchen und lehnte sich dann zurück. „Aber erst schauen wir uns meinen Lieblingsfilm an."

Ich achtete kein bisschen auf den Film, meine Gedanken waren zu sehr mit anderen versauten Dingen beschäftigt und mein Körper geriet ins Schwimmen.

„Hat er dir gefallen?", fragte Walt, nachdem auch der gesamte Abspann gelaufen war. Bis. Zum. Ende.

„Der längste Film aller Zeiten." Ich stand auf und zog mein Shirt herunter, als verzweifelter Versuch, meine Erektion auf dem Weg nach draußen zu verbergen.

„Also, danke, dass du ihn dir mit mir angeschaut hast." Er küsste meine Wange, als wollte er sich verabschieden.

„Ähm, okay."

Er nahm meinen Popcornbecher, steckte seinen hinein und nahm meine Hand. „Kleiner Scherz." Er zwinkerte.

„Gott sei Dank." Ich seufzte und er lachte, als er mich an der Hand aus dem Kino führte.

## 13

## WALT

Wir sprachen kein Wort, während ich ihn aus dem Kino zog und ihn auf dem Beifahrersitz meines Wagens unterbrachte. Ich wollte mich schon abwenden, aber dann dachte ich, es wäre wohl klüger, ihn noch schnell anzuschnallen. Er hatte halt die Angewohnheit, einfach abzuhauen, wenn es endlich mal nett wurde.

Nathans Atem stockte, als ich mit der Hand seinen Oberschenkel streifte. Aber er presste seine Lippen fest zusammen. Ich spürte seinen erhitzten Blick auf meinem Gesicht, aber ich sah ihn ebenfalls nicht an. Ich wusste, wenn ich es tat, würde ich ihn gleich hier auf dem Parkplatz nehmen wollen.

Und ich hatte mir für ihn etwas Bequemeres vorgenommen.

Sobald er angeschnallt war und ich nicht den Eindruck hatte, dass er gleich die Flucht antreten würde, lief ich um das Auto herum und setzte mich hinters Steuer.

Wir würden es endlich tun.

Und offenbar war das Universum auch dafür, dass Nathan und ich endlich zur Sache kamen, denn jede Ampel war grün und verkürzte damit eine zwölfminütige Fahrt auf acht.

Sobald ich den Motor abgestellt hatte, wandte ich mich Nathan zu, um sicherzugehen, dass er immer noch einverstanden war. Nicht nur mental, sondern auch emotional.

Er grinste und das reichte mir als Bestätigung.

„Ins Haus. Sofort." Ich stieß die Tür auf und sprang aus dem Wagen.

Nathan tat das ebenfalls und lief hinter mir die Stufen zum Eingang hinauf.

Als wir drin waren, machte ich kein Licht an und bot ihm auch kein Getränk an. Ich schlug die Tür hinter uns zu und zog Nathan in meine Arme.

Er schlang seine Arme um meinen Nacken und presste seine Lippen auf meine raue Wange, küsste den Kiefer entlang, bis sein Mund auf meinem war.

Ich hätte ihn zweimal beinahe fallen lassen, bis ich ihn auf der Matratze platziert hatte, aber er schien es nicht einmal zu merken. Als ich mich aufrichtete, um mich auszuziehen, gab er sogar ein absolut niedliches Wimmern von sich und zog mich wieder an sich.

Es war nicht einfach, sich in dieser Position auszuziehen, aber ich war fest entschlossen. Wenn ich mir etwas vornahm, dann würden mich auch winzige Knopflöcher oder irgendein Körpergewicht nicht davon abhalten. Das Extratraining an den Gewichten zahlte sich aus, denn ich konnte mich und Nathan mit Leichtigkeit herummanövrieren, bis wir beide nackt waren, nur noch von Schweiß und anderen Flüssigkeiten bedeckt.

Letzteres tropfte aus Nathan heraus, seit im Kino das Licht ausgegangen war.

Ich löste mich endlich aus seinem Griff und konnte seinen Körper erkunden, jeden Hügel, jedes Tal, erst mit den Fingern, dann mit der Zunge. Mein Schwanz war hart wie Stahl und ich musste aufpassen, ihn nicht damit aufzuspießen, während ich mich an seinem Torso nach unten arbeitete.

Als sein perfekter Schwanz nur noch wenige Zentimeter von meinem Gesicht entfernt war, atmete ich tief ein und ließ mir das sinnliche Aroma seiner Nässe praktisch auf der Zunge zergehen.

Meine Nase malte ich eine Acht in seinem dichten Schamhaar, dann rieb ich damit an seinem Schwanz, um den Geruch seiner Eier einzuatmen. Nichts war heißer als die verschwitzten Eier eines Mannes, die mit Omega-Nässe getränkt waren.

Außer, sie waren mit Speichel getränkt. Meinem Speichel.

Ich saugte vorsichtig eine volle Kugel in meinen Mund und genoss einen Moment lang seine Perfektion. Die Größe, die Form, der Geschmack – ich konnte mir nicht vorstellen, je von etwas mehr angemacht zu werden. Dann lutschte ich am anderen Hoden.

Da fand Nathan endlich seine Stimme wieder. „Walt. Langsam. Ich habe jetzt schon das Gefühl, ich komme." Sein Arsch hob vom Bett ab.

Ich nutzte die Gelegenheit und schob meine Hände unter ihn, um ihn hochheben zu können. „Wie kannst du von mir erwarten, langsamer zu machen, wenn ich seit einem Monat schon von diesem Augenblick fantasiert habe?"

Er bewegte sein Becken ein wenig, sodass ich einen perfekten Ausblick auf sein nasses Loch hatte. Er wollte mich.

Und ich wollte ihn.

Nichts würde uns aufhalten. Endlich.

Ich ließ ihn langsam wieder herunter und krabbelte nach oben, auf ihn drauf, und blickte ihm direkt in die Augen.

Er wusste, was ich fragen würde, ohne dass ich es aussprechen musste. Nathan legte mir eine Hand auf die Hüfte und die andere auf meinen Schwanz, rieb ihn einige Male, dann drückte er ihn herunter, bis er direkt vor seinem Anus war.

Ich hielt seinen Blick fest, als ich nach vorn stieß, sein Loch enterte und bis zum Anschlag hineinglitt, mit den Eiern fest an seine warme, klebrige Haut gepresst.

Er war perfekt.

Ich drückte meinen Mund auf seinen, angezogen davon wie von einem Magneten, schmeckte ihn, atmete mit ihm, während unsere Körper sich wie eine Einheit bewegten. Die Zeit hatte bei meinem Liebesspiel mit Nathan keine Bedeutung mehr. Unsere Körper reagierten aufeinander mit Keuchen und verschwitzter Haut, meine Eier reagierten noch ganz anders.

Ich war bereit, mich heftig in ihm zu entladen. Jedes Mal, wenn sein Anus sich um mich verengte, verlor ich beinahe die Besinnung von der irren Energie, die mich durchflutete.

Und dann passierte es.

Nathan krallte seine Finger in meine Schultern und seine Muskeln verkrampften sich um mich herum, als er kam, pulsierend, melkend, bis ich mich auch nicht länger zurückhalten konnte.

Ich schloss die Augen und spritzte meine Ladung in Nathan. Ich wusste, dieses Mal war anders. Dieses Mal war es nicht nur ein schneller Fick und abwarten, bis der Knoten abschwoll, um mich davonschleichen zu können. Ich gestattete mir, diese Verbindung zwischen uns zu spüren. Und als mein Knoten anschwoll und mich mit Nathan verband, wusste ich, ich würde nie mehr derselbe sein.

Ich würde nie mehr einen anderen Mann wollen. Und ich betete zu allen Göttern, die ich kannte, dass Nathan für mich ebenso empfand.

14

---

## NATHAN

Ich hatte vor, abzuhauen. Es wäre das Richtige. Das hier war keine Beziehung, nicht wirklich. Bloß fühlte es sich an wie eine. Als ob er mir gehörte und ich ihm. Und all das Chaos um uns herum, die Arbeit, mein nichtexistierendes Zuhause und so, das spielte alles keine Rolle.

Er verdiente etwas Besseres als mich. Etwas viel Besseres.

Aber als er seinen Arm um mich legte und mich festhielt, hatte das keine Bedeutung mehr und ich kuschelte mich in seine Arme, um mich dem Schlaf hinzugeben. Ich wollte einfach diesen Moment noch etwas länger genießen.

Aus ‚etwas länger' wurde dann der nächste Morgen.

Als ich Walts steifen Schwanz an meinem Arsch spürte, wurde mehr wach als nur mein Kopf. Instinktiv rieb ich mich schamlos an ihm.

„Ich sehe, du bist wach." Er knabberte an meiner Schulter.

Ich stöhnte und presste mich noch enger an ihn. „Ich bin nicht der Einzige, der wach ist."

„Das stimmt." Er legte seine Hand um meinen schmerzenden Schwanz. „Ich kann doch nicht zulassen, dass du den ganzen Morgen damit herumlaufen musst, oder?"

Ein weiteres Stöhnen entrang sich meiner Kehle, als er anfing, mich langsam zu masturbieren. Mit meinem Arsch neckte ich weiterhin seinen dicken Schaft. Es war alles und nichts zugleich. Ich brauchte mehr. So viel mehr.

„Steck ihn rein. Ich brauche deinen Knoten."

Er schnurrte mir ins Ohr. „Wie kann ich einem so heißen Omega etwas abschlagen?"

„Sofort!", rief ich, denn seine Worte hatten mein Verlangen nach ihm noch gesteigert.

Ohne eine Sekunde zu zögern, drehte er mich auf alle viere und brachte sich vor meinem nassen Loch in Position.

Ich drängte mich an ihn, um ihn anzutreiben.

Das brauchte er gar nicht, denn er rammte mit einer einzigen Bewegung in mich, als wäre es sein Job.

Meine Güte, ich wünschte mir, es wäre sein Job.

Ich passte mich seinen Bewegungen an, mein Orgasmus näherte sich rasend schnell. Zu schnell. Ich wollte es auskosten, den Augenblick für immer ausdehnen. Aber das war nicht möglich, erst recht nicht, als er das Tempo anzog. Er nahm meinen Schwanz wieder in die Hand und presste seine Brust gegen meinen Rücken, während er sich rein und raus bewegte. Der Druck um meinen Schwanz war perfekt abgestimmt auf seinen Rhythmus in meinem Arsch.

Und dann klingelte mein verdammtes Handy.

Es klingelte nicht einfach, ich erkannte den Klingelton, den ich für meine Schwester reserviert hatte.

*Frannie! Frannie! Frannie!*

„Ignoriere das!", rief ich, als er langsamer wurde. „Ich rufe meine Schwester später zurück."

Walt lachte auf, als ich meine Schwester erwähnte.

Ich drängte mich an ihn. „Bring mich zum Kommen, Alpha."

Das reichte, um uns beide wieder in die richtige Spur zu bringen. Ich ergoss mich über sein Bett. Gut. Soll er mich doch riechen. *Oha, woher kam das denn bitte?*

Aber dann zog er sich aus mir heraus und für einen winzigen Moment dachte ich, ich hätte einen Fehler gemacht, bis er über meinen Rücken abspritzte.

Wieso war das so unglaublich heiß?

„Sorry", murmelte er und sank auf das Bett. „Ich dachte, es wäre vielleicht unangenehm, deine Schwester anzurufen, während wir noch verknotet sind, aber ich schätze, mein Sperma überall auf dir zu haben, ist auch nicht besser."

Er dachte über mich nach. Er wollte mich nicht einfach flachlegen, sondern er dachte daran, was ich brauchte, nicht nur im Schlafzimmer, sondern auch sonst.

„Ich gehe zuerst duschen." Ich stand auf und tappte zum Bad, um so schnell wie möglich zu duschen. Wenn meine Schwester so früh am Morgen anrief, dann gab es einen triftigen Grund dafür.

Wir benutzten nacheinander seine kleine Dusche, dann zog ich mich an. Ich musste hier raus, um sie anrufen zu können. Ich wollte nicht, dass er mit dem zu erwartenden Drama belästigt wurde.

„Ich mache dir Frühstück." Walt kam mit einem Handtuch um die Hüfte aus dem Bad, die Wassertropfen auf seiner Brust bettelten geradezu darum, abgeleckt zu werden.

„Ich muss eigentlich los." Ich steckte mein Handy in die Hosentasche. Sie hatte mir keine Nachricht geschrieben, aber dreimal angerufen, seit ich das Handy stumm geschaltet hatte.

„Bist du sicher? Ich bin nachher bei der Notunterkunft. So ein Eltern-und-ich-Ding mit Kuchen und allem."

„Notunterkunft? Wo?"

„Das Familien-Obdach in der Vine Street. Ich helfe da manchmal aus, aber meistens passt es nicht zu meinen Arbeitszeiten. Aber du solltest mitkommen. Das wird lustig.“

„Ich muss wirklich los.“ *Er hilft den Obdachlosen.* Das hätte mich erfreuen sollen, tat es aber nicht. Ich fühlte mich nur noch elender. Wenn er die Wahrheit wüsste, würde er versuchen, mir zu helfen.

Aber ich konnte mir selber helfen. Ich würde das allein schaffen.

Mist. Ich würde mir jetzt eines dieser schmuddeligen Zimmer im Stundenhotel nehmen. Schade um das schöne Geld, aber wenn aus mir und Walt etwas werden sollte – und das wollte ich ganz dringend – dann brauchte ich eine Unterkunft, egal, wie die aussah. Er wusste ja schon, dass mir meine Wohnsituation peinlich war. Ich hatte mich nicht aufgespielt oder so.

Und wenn es gut mit uns lief, dann würde ich ihm die ganze Geschichte erzählen. Es hatte keinen Sinn, ihm das jetzt schon alles aufzuhalsen, wenn es zu nichts führte. Er brauchte solchen Ballast nicht, wenn es nur eine Affäre war.

„Ein anderes Mal?", fragte ich und ging zur Tür.

„Dann lass mich dich wenigstens zum Kino fahren, damit du dein Auto holen kannst."

Mist. Da war doch was.

„Das steht da nicht." Was immerhin stimmte. „Alles gut. Hilf du nur den Familien." Ich wandte mich zu ihm um und küsste ihn heftig aus Angst, es könnte das letzte Mal sein. Er hatte zwar nichts dergleichen angedeutet, aber ich konnte schon nicht mehr rational denken, zumal schon wieder mein Handy in der Tasche vibrierte. Sie brauchte mich.

Er seufzte zögernd. „Bist du sicher?"

„Meine Schwester muss bestimmt nur Dampf ablassen. Ich rufe sie von unterwegs aus an." Noch ein Kuss und dann ging ich, dankbar, dass er noch das Handtuch trug.

Ich bekam den Eindruck, dass er einer dieser beschützenden Alphas war, die immer darauf achteten, dass man sicher nach Hause kam. Ein Zuhause, das ich aber nicht hatte.

Sobald ich an der nächsten Ecke war, holte ich das Handy heraus, um meine Schwester anzurufen. Im selben Moment rief sie wieder an. Ich ging sofort dran.

„Hey, was …“

„Komm nach Hause“, schluchzte sie. „Es ist wegen Dad. Komm nach Hause.“

Ich rannte zu meinem Wagen und hatte schon das Gefühl, zu viel Zeit zu verlieren. Ich wusste nicht, was genau mit Dad los war, aber wenn sie wollte, dass ich alles stehen- und liegenließ, dann musste ich das tun.

Sie war meine Familie, sie brauchte mich. Sie war der Grund, warum ich all das hier tat.

*Bitte lass alles in Ordnung sein.*

## 15

## WALT

„Er hat schon wieder frei?“ Ich lehnte mich gegen den Tresen und verschränkte die Arme vor der Brust, während Corey sich umzog. „Und er hat nicht gesagt, was los ist?“

Corey zuckte mit den Achseln. „Nein, der Bursche ist sehr zurückhaltend, wenn es um sein Privatleben geht.“

„Ja, ist mir auch aufgefallen.“ Ich seufzte und folgte Corey nach vorn. Wir hatten nicht oft dieselbe Schicht, aber wenn, dann machte es viel Spaß. Corey war Show-Barkeeper, der mit seinen Tricks die Gäste unterhielt. Es war eher eine Performance als Barkee-pern. Ganz zu schweigen davon, dass die Trinkgelder sich praktisch verdoppelten, wenn er da war. Ich fand es schade, dass Nathan nicht da war, um ebenfalls davon zu profitieren.

Aber noch schlimmer fand ich, dass ich seit vier Tagen nichts mehr von ihm gehört hatte.

Als er ging, dachte ich, er würde nur kurz mit seiner Schwester telefonieren und nach der Schicht in der Bar in meine Arme zurückkehren. Aber dann rief er an, um sich frei zunehmen. Ich schrieb ihm eine Nachricht, um zu fragen, ob alles okay wäre.

Meine Nachrichten ignorierte er. Ich nahm zunächst an, er wäre einfach zu beschäftigt mit Familienangelegenheiten. Aber nun fragte ich mich, ob ich ihn je wiedersehen oder von ihm hören würde. Vielleicht musste er seiner Familie helfen und würde nicht nach Oak Grove zurückkehren.

Allein der Gedanke, Nathan nie wiederzusehen, bereitete mir Übelkeit.

Als wir zur Bar kamen, hielt ich Corey auf, bevor er in Stimmung kommen konnte. „Aber er hörte sich nicht krank an oder tat so als ob?"
Corey kicherte und sah mich an. „Ich weiß nicht, ob er so getan hat, aber er hörte sich nicht gut an. Hat mich

daran erinnert, wie Mitch sich angehört hat, als sein Hund gestorben ist."

Ich nickte, aber ich wusste nicht, ob mich das beruhigen sollte oder alles noch schlimmer machte. Vielleicht war Nathan wirklich krank und das Timing war einfach nur Zufall. Oder vielleicht wollte er mich tatsächlich nie wiedersehen. Aber mein dummes Alpha-Hirn wollte so eine Möglichkeit gar nicht erst gelten lassen. Das Einzige, was ich glauben wollte, war, dass Nathan mich brauchte und ich nicht für ihn da war.

Während meiner gesamten Schicht konnte ich nicht aufhören, mir vorzustellen, wie er in einer schäbigen Wohnung hockte, wo sich niemand um ihn kümmerte, mitsamt Ratten und Kakerlaken. Ja, ich projizierte einige meiner eigenen Ängste auf ihn, aber das musste ja nicht falsch sein.

Was, wenn er die Grippe hatte und vollkommen dehydrierte? Davon konnte man sterben.

Es war eine Qual, die Schicht durchzustehen, aber als ich endlich fertig war, hatte ich nur noch eines im Sinn.

Ich musste nach Nathan sehen.

Ich hatte keine Ahnung, wo er wohnte, also rief ich Knox an und bat ihn, mir Nathans Adresse aus der Personalakte zu geben. Knox war nicht ganz wohl bei der Sache, erst recht, wenn es um Omegas ging, aber er hörte wohl die aufrichtige Sorge in meiner Stimme, als ich ihn bat, ausnahmsweise die Regeln ein wenig zu beugen.

Zum Glück war er auch mal ein alleinstehender Alpha gewesen, der sich Sorgen um einen Omega gemacht hat. Das mochte vor langer Zeit gewesen sein, aber immerhin erinnerte er sich wohl noch daran und konnte es nachfühlen.

Ich fuhr zum Supermarkt, um ein paar Dinge einzukaufen, und nahm mir vor, nicht zu lange zu bleiben. Wenn Nathan wollte, dass ich mich um ihn kümmerte, hätte er auf meine Nachrichten geantwortet.

Aber als Alpha und Kollege empfand ich es als meine Pflicht, zumindest nachzuschauen, ob er nicht schon bewusstlos auf dem Boden im Bad lag und um Hilfe rief.

*Mist, lag er auf dem Boden im Bad und rief nach Hilfe und fragte sich, ob ich wohl kommen würde?*

Ich trat aufs Gaspedal und flitzte zum Supermarkt, wo ich mit quietschenden Reifen einparkte. Ich musste nur schnell ein paar Dinge besorgen, damit ich mir nicht den Rest der Nacht Sorgen machte. Ein paar Flaschen mit Powerdrinks für die Elektrolyte, etwas mit Salz, Ginger-Ale und eine Tüte Kekse. Das waren Seelentröster für mich, wenn es mir nicht gut ging.

Ich kaufte sicherheitshalber zwei Tüten.

Eine für Nathan und eine für mich. Wenn er mich einen Stalker nannte und wegschickte, dann bräuchte ich die Tüte für den einsamen Weg nach Hause.

Zu meinem Erstaunen landete ich in einer Straße mit Geschäften, hier gab es keine schäbigen Absteigen. Zumindest hatte ich das erwartet, nach dem, wie Nathan sich dafür geschämt hatte.

Stimmte die Adresse nicht, die Knox mir genannt hatte?

Ich fuhr die Straße dreimal auf und ab, dann hielt ich vor einer Poststation. Ich warf einen Blick hinein und fand jede Menge Postfächer auf beiden Seiten des hell erleuchteten Ladens.

*Was zur Hölle?*

Er hatte in seinen Bewerbungsunterlagen eine falsche Adresse angegeben.

Seine Privatsphäre zu schützen, war eine Sache. Aber das führte doch zu weit. Versteckte er sich vor jemandem? Gab es in seiner Vergangenheit einen Alpha, vor dem er zu fliehen versuchte? Vielleicht war der Anruf gar nicht von seiner Schwester gekommen. Vielleicht war die Angst, die ich in seinen Augen gesehen hatte, als er ging, nicht bloß Sorge um das Liebesleben seiner Schwester.

Vielleicht hatte er Angst um sein eigenes Leben.

*Verdammt!*

Ich holte mein Handy heraus und öffnete die letzte Nachricht an Nathan. Er musste mir jetzt endlich antworten, ansonsten würde ich durchdrehen. ***Bist du okay?***

## 16

## NATHAN

„Das ist doch besser, oder?", fragte ich meine Schwester mit Tränen in den Augen. „Zumindest …, zumindest bekommt er das Mitgefühl, das er braucht."

Als Frannie die Nachricht erhielt, dass es eine neue Pflegeeinrichtung für unseren Vater gäbe, hatte sie gehofft, dass es sich um eine weniger teure Einrichtung handelte. Ihre Erleichterung löste sich in Luft auf, als der Pflegedienst ein einziges Wort sagte, das keiner von uns hören wollte: Hospiz.

Ein Hospiz war eine großartige Einrichtung für jemanden, der es brauchte. Aber Hospiz bedeutete eben auch, dass die Zeit für meinen Vater gekommen war.

Ich bekam ein schlechtes Gewissen, weil ich so viel Zeit mit ihm versäumt hatte, seit ich nach Oak Grove abgehauen war. Aber wem hätte das etwas gebracht? Ihm nicht. Nicht wirklich. Er befand sich an einem Punkt, wo er mich nicht mehr erkannte, wenn ich anrief. Manchmal, wenn ich zu ihm kam, dann erkannte er mich. Aber nie am Telefon. Er hatte längst aufgegeben. Vielleicht war es an der Zeit, ihn gehenzulassen.

„Dad stirbt. Was ist daran gut?" Eine Ader an ihrer Schläfe pulsierte. „Nichts. Er ist die einzige Familie, die wir noch haben."

Ich nahm sie in die Arme. „Ich weiß. Aber Dad ist schon lange nicht mehr wirklich da. So ist es besser. Sie geben ihm keine Medikamente, die er nicht verträgt. Sie machen ihm die letzten Tage so angenehm wie möglich. Wir sollten das für ihn wollen, auch wenn wir nichts davon um unseretwillen wollen."

Sie schluchzte eine Weile leise vor sich hin und hielt sich an mir fest, als wäre ich ihr Rettungsanker. Und vielleicht war ich das. Sie liebte Jacob und er liebte sie vielleicht auch, aber er verstand nicht, was sie durchmachte. Ich war mir nicht sicher, ob ich es könnte, wenn ich es nicht ebenfalls durchmachte. Und ich wünschte niemandem diese Erfahrung.

„Du hast recht", schniefte sie. „Ich hasse die Vorstellung einfach."

„Ich auch." Ich stand auf und reichte ihr die Hand. „Ich will dich nicht hetzen, aber die warten auf uns."

Wir mussten den Papierkram unterschreiben. Und nichts machte schlimme Dinge noch schlimmer als Papierkram.

Wir fuhren schweigend dorthin. Als letzte Woche das Handy klingelte, während ich mich noch wohlig bei Walt befand, hatte ich mit jeder Menge Gesprächen gerechnet. Aber mit dem hier hätte ich nie gerechnet. Ich hatte angenommen, sie riefe an wegen Geld oder weil sie irgendetwas von Dad nicht finden konnte. Meinen Vater in ein Hospiz zu geben, traf mich wie ein Faustschlag und ich musste aufpassen, nicht zu Boden zu gehen.

Ich musste für Frannie stark sein ... und für meinen Dad.

Wir kamen am Pflegeheim an und wurden direkt in ein Büro geleitet, wo es mehr Formulare zum

Ausfüllen gab, als wir je für möglich gehalten hatten. Von da aus wurden wir zu unserem Vater gebracht. Die Monitore waren weg. Der zerbrechliche Körper meines Vaters lag auf dem Bett, links und rechts standen Pflegekräfte, bereit, ihn zu transportieren. Wenn ich seinen flachen Atem nicht gesehen hätte, hätte ich vermutet, er wäre bereits tot. Er hatte keine Ähnlichkeit mehr mit dem Mann, den ich einmal kannte.

„Einer von Ihnen kann ihn begleiten", sagte einer der Pfleger. „Der andere kann uns dann vor Ort treffen."

„Fahr du mit." Ich drückte meiner Schwester den Arm und schubste sie behutsam an. Sie sollte in ihrer Verfassung kein Auto fahren.

Sie nickte und ging mit ihnen zum Krankentransport.

Ich sah ihnen nach, als sie wegfuhren, dann holte ich mein Handy heraus, um mich erneut krankzumelden. Es wäre ein Wunder, wenn ich meinen Job noch hätte, wenn all das hier vorüber war.

„*Fallen Nut*, Corey hier. Was kann ich für Sie tun?"

„Hi, Nathan hier. Ich kann heute noch nicht kommen." Meine Stimme brach. „Könnte noch eine

Woche dauern." Oder mehr. Die Ärzte waren nicht sicher, wir mussten einfach warten. Es würde keine Trauerfeier geben. Dad hatte darauf bestanden, dass wir keine große Sache aus seinem Tod machen, aber ich wollte bis zum Ende bei ihm sein.

Er war dabei, als ich zur Welt kam, da war es nur fair, dass ich hier war, wenn er diese Welt verließ.

„Okay, ich brauche eine Krankmeldung von deinem Arzt." Er klang nicht böse, aber etwas in seiner Stimme ließ meinen Magen verkrampfen. „Sei ehrlich, Mann. Was ist los? Walt macht sich Sorgen. Mist, und ich auch."

Ich war ein Arschloch. Mit dem Versuch, ihrem Mitleid zu entgehen, hatte ich es nur schlimmer gemacht. Wie üblich. „Mein Dad ist …, wir bringen ihn gerade in ein Hospiz. Ich kann nicht …, ich kann jetzt nicht darüber reden."

„Das tut mir sehr leid. Ich sage Knox Bescheid, dass du mehr Zeit brauchst." Er räusperte sich und seufzte. „Hey, ist das etwas, das du vor den anderen geheim halten möchtest?"

Mit den anderen meinte er wohl Walt.

„Nein, es ist kein Geheimnis, es überfordert mich nur. Hey, ich muss los. Der Krankentransport ist schon losgefahren und ich will zu meinem Vater." Ich wusste nicht, wann oder ob ich nach Oak Grove zurückkehren würde. Aber es war ein gutes Gefühl, ehrlich zu sein.

Und das fing bei Walt an.

Er sollte von mir persönlich hören, was los war. Ich ging meine Nachrichten durch und sah, dass er mir mehrere geschickt hatte. Die ersten kamen wenige Stunden, nachdem ich sein Haus verlassen hatte, und hörten vor vier Tagen auf.

Inzwischen hasste er mich wahrscheinlich. Ich konnte es ihm nicht übel nehmen. Ich hatte sehr unterschiedliche Signale gegeben, was mein Interesse an ihm betraf, und dann war ich einfach verschwunden.

Er wusste ja nicht, dass ich praktisch pausenlos an ihn gedacht hatte, seit ich nach Hause gefahren war. Oder dass ich gehofft hatte, aus uns könnte mehr werden als eine Eintagsfliege, wenn ich mein Leben im Griff hatte.

Während ich zu meinem Auto ging, schrieb ich ihm eine Nachricht. ***Tut mir leid, dass ich die Stadt verlassen*** *musste. Meinem Vater geht es nicht gut, ich komme nicht gut damit klar. Im Augenblick ist alles nicht so toll, aber vielleicht können wir das ändern, wenn ich wieder zurück bin?*

Was für eine lange Nachricht. Ich brauchte ewig dafür, aber dann schickte ich sie ab und mir fiel eine Last von den Schultern. Es gäbe noch so viel mehr zu sagen, aber immerhin war das ein Anfang.

*Das mit deinem Vater tut mir leid. Kann ich mich nach der Arbeit noch mal melden?*

*Ja, bitte.* Mehr schrieb ich nicht, dann schob ich das Handy in die Hosentasche und fuhr auf den Highway.

Ich kam beim Hospiz an, als sie ihn gerade hineinbrachten. Dieser Ort wurde nun mein neues Zuhause weg von Zuhause. Ich würde rund um die Uhr hierbleiben, während meine Schwester so kam, wie es ihr Job erlaubte.

Das Personal war toll im Umgang mit meinem Vater. Für die letzten Tage seines Lebens konnte es keinen besseren Ort geben.

Aber was mich fast noch mehr freute, war, dass Walt mich nicht hasste.

Jeden Abend nach Walts Schichtende würden wir uns Nachrichten schicken. Und auch wenn ich mich dafür entschuldigte, den Kollegen in der Bar mehr Arbeit aufzuhalsen, beklagte er sich nie, mehr arbeiten zu müssen, weil ich nicht da war.

Aber ich wusste, dass es so war.

Walt war ein toller Mann und ich sehnte mich danach, seine Stimme zu hören. Aber ich war in Dads Zimmer angewachsen, ich verließ es nur, wenn meine Schwester mal Hilfe brauchte. Ich würde später noch genug Zeit für Telefonate haben. Danach.

Ich merkte kaum, wie drei Wochen ins Land gingen, die Tage verschwammen mit Schuldgefühlen, Trauer und Angst. Dann, eines Tages, schickte mich eine Pflegerin weg, nachdem sie mitbekommen hatte, dass ich zum Klo gerannt war. Es gab eine Regel, dass man als Besucher 24 Stunden wegbleiben musste, falls man sich übergeben hatte.

Ich hasste es, meinen Vater alleinzulassen, denn ich befürchtete, er könnte ganz allein sein, wenn es so weit war, aber sie hatten recht. Ich konnte nicht riskieren, irgendjemanden hier mit etwas anzustecken.

Hier ging es allen schon schlecht genug.

Als es mir am nächsten Tag nicht besser ging, stellte meine Schwester mir die Frage, die ich mir selbst nicht stellen wollte. „Bist du sicher, dass du krank bist und nicht schwanger?"

Die eine Frage änderte alles. Ein kurzer Besuch in einer Drogerie, dann ins Bad, dann starrte ich auf die zwei blauen Linien.

Ich war schwanger.

Obdachlos und schwanger.

Mist.

## 17

## WALT

ICH WAR SO MITGENOMMEN, dass ich mich freiwillig zur Inventur meldete. Es gab keinen Job, bei dem man gern in seiner Freizeit den ganzen Krempel zählte, sortierte und abstaubte, aber das war einmal im Monat eben nötig. Und ich war unruhig, seit ich am Vorabend von Nathan gehört hatte, und brauchte die Ablenkung.

Knox zog einen Stuhl heran, setzte sich neben mich und steckte sich eine Brezel in den Mund. „Was ist dir denn für eine Laus über die Leber gelaufen?"

Ich zuckte mit den Achseln. „Weiß auch nicht, ich mache mir einfach Sorgen, schätze ich."

„Worüber?" Er stopfte sich noch zwei Brezeln in den Mund, bevor er das erste Mal schluckte. Offenbar hatte er Hunger. „Immer noch wegen Nathan?"

Ich wollte nicht die Art Alpha sein, die sich nach einer einzigen gemeinsamen Nacht total seltsam und besitzergreifend einem Omega gegenüber benahm, aber bei Nathan wusste ich nicht, wie es verhindern sollte. „Ja, sein Vater ist gestorben."

„Oh, verdammt." Knox griff nach weiteren Snacks und sah mich ernst an. „Das ist übel. Geht es ihm gut?"

„Ich glaube schon." Ich hoffte es. „Du weißt ja, wie zurückhaltend er mit privaten Dingen ist. Er hat nur gesagt, dass es vor zwei Tagen passiert ist und er seiner Schwester hilft, aber in ein paar Tagen kommt er zurück."

„Oh." Knox biss in die Brezel in seiner Hand. „Das ist gut. Ich schätze, du musst erleichtert sein, dass er zurückkommt. Ich war mir nicht sicher, ob er das tun würde."

„Ja, ich auch nicht." Ich zählte Tequila-Flaschen oben auf dem Regal und tippte die Zahl in die Inventur-App auf meinem iPad. „Aber selbst wenn er zurückkommt, kenne ich seine Geschichte nicht."

„Wie meinst du das?" Knox nahm sein iPad und fing bei den Flaschen im unteren Regal an. „Er trauert. Wenn er wiederkommt, kannst du loslegen."

Ich rollte mit den Augen und ärgerte mich, Knox ins Vertrauen gezogen zu haben über meine Nacht mit Nathan. Normalerweise redete ich nicht über intime Details mit den Kollegen, selbst wenn ich sie als gute Freunde betrachtete. Aber ich hatte mir solche Sorgen gemacht, nachdem Nathan abgehauen war, dass ich das nicht für mich behalten konnte.

Ich hatte in dem Moment jemand zum Reden gebraucht. Und ich brauchte auch jetzt jemanden. „Wenn ich dir etwas anvertraue, versprichst du, es für dich zu behalten?"

„Ja, sicher." Knox hörte auf mit Zählen und schenkte mir seine gesamte Aufmerksamkeit. „Was ist los?"

Ich machte einen Schritt zurück, lehnte mich gegen den Tresen und verschränkte die Arme vor der Brust. „Okay. Ein paar Tage, nachdem Nathan verschwunden war, bin ich zu seiner Adresse gefahren, weil ich mir solche Sorgen gemacht habe. Aber die Adresse in seiner Personalakte gehört zu einer Poststation. Da sind keine Wohnungen."

Knox starrte mich an, als würde er nur Bahnhof verstehen. „Okay, er hat dich also nicht zu sich nach Hause eingeladen. Ist das der Grund, warum du so außer dir bist?"

„Ich bin nicht außer mir." Also, irgendwie schon, aber das würde ich weder Knox oder sonst wem gegenüber zugeben. „Es ist doch seltsam, oder? Warum lügt er? Wieso nennt er nicht einfach seine richtige Adresse?"

„Alter, er ist noch jung. Bestimmt wohnt er in irgendeinem schmuddeligen Wohnwagen und will nicht, dass du siehst, wie unordentlich er ist oder so. Ich würde mir deswegen keinen Kopf machen."

„Kann sein." Ich atmete tief durch und sah zu, wie sich Knox' Gesichtsfarbe änderte.

„Es sei denn ..."

„Es sei denn, was?" Was würde er jetzt raushauen, um mich noch mehr zu stressen? Hatte er irgendetwas über einen Serienkiller gehört, der frei herumlief? Oder das Omegas auf Reisen eine seltene Krankheit bekamen?

„Nichts, es ist nur ..." Er zog den Kopf ein, als wollte er nicht sagen, was er dachte.

„Spuck es aus, Alter. Du hast schon dafür gesorgt, dass ich mir die übelsten Szenarien ausmale. Was auch immer du jetzt sagst, schlimmer kann es auch nicht mehr werden."

„Es ist nur so, dass es bei Sammy ähnlich war. Am Ende stellte sich heraus, dass er in einem schäbigen Motel wohnte. Und als ich ihn dann fand, dachte ich, er wäre in dem Zimmer ermordet worden."

„Was?" Ich ließ die Arme sinken und überlegte, ob ich Nathan anrufen oder einfach meine Schlüssel schnappen und losfahren sollte, bis ich ihn fand, um mich selbst davon zu überzeugen, dass es ihm gut ging.

„Aber ..." Knox hob eine Hand und legte sie mir auf die Brust, um mich zu beruhigen. „War ja nicht so. Im Gegenteil, er hatte eine kleine Solonummer und war nur einfach sexy und laut dabei."

Ich machte große Augen. „Oh."

Knox grinste und blickte ins Leere bei der Erinnerung. „Oh ja."

„Also, ich denke nicht, dass Nathan seit zwei Wochen bei einem Onanier-Marathon ist."

„Nein, wahrscheinlich nicht." Knox zuckte mit den Achseln. „Vielleicht hat er seine Hitze?"

Konnte das ein Teil des Problems sein? Das erklärte zwar nicht, warum Nathan wegen seiner Wohnung gelogen hatte, aber immerhin, warum er seit er seiner Abreise so still war.

„Kann sein, aber ich bin mir sehr sicher, dass er eine vom Alpha ausgelöste Hitze hatte, als wir zusammen waren, das heißt, er müsste eigentlich noch eine Woche Ruhe haben, bevor das wieder losgeht."

Zumindest war das meine Erfahrung in der Vergangenheit gewesen. Manche Omegas hatten das sehr regelmäßig, andere hatten ständig ihre Hitze, sobald sie nur einen Alpha küssten. Ich kannte Nathan noch nicht lange genug, um seinen Zyklus zu kennen, aber da er nach meinem Knoten verlangt hatte, nahm er wahrscheinlich Blocker, um im Zyklus zu bleiben.

Knox stand auf und tätschelte meinen Arm. „Wenn es das Schicksal so will, dann kommt er zurück. Und wenn er wieder da ist, dann kannst du ihn das alles selber fragen. Bis dahin ..." Er wedelte Richtung Flaschen. „Die Inventur wartet."

Er hatte recht. Es gab nichts, was ich hätte tun können, um die Situation zu ändern, bis Nathan wieder nach Hause kam. Danach konnten wir reden und sehen, wo wir standen. Wenn er mir sagte, dass er es probieren wollte, dann wäre ich dabei. Aber wenn er nur Freundschaft wollte oder nie zurückkäme, dann müsste ich auch damit zurechtkommen. „Lass uns das hier fertigmachen."

## 18

## NATHAN

AUF EINE ART fühlte ich mich Walt näher als allen anderen seit langer Zeit. Wir schrieben uns über Dinge bei der Arbeit und über meinen Dad und meine Schwester. Wir diskutierten sogar über unsere Lieblingscomics. Aber selbst bevor ich merkte, dass ich schwanger war, gab es immer diese Mauer zwischen uns.

Ich musste meine Scham ablegen und ihm sagen, in welcher Lage ich steckte ..., und dass ich schwanger war. Er hatte nie erwähnt, ob er Kinder wollte, aber er hatte auch nie erwähnt, dass er keine wollte. Es war einfach nicht die Art von Gespräch, die man mit jemandem führte, mit dem eigentlich nicht richtig zusammen war, oder vielleicht doch, aber es wurde bisher nicht klar definiert.

Die ganze verdammte Angelegenheit war sehr verwirrend.

Als ich zurückfuhr nach Oak Grove, malte ich mir immer wieder im Geiste aus, wie ich von unserem Kind erzählte, und das Ergebnis war jedes Mal ein anderes.

In einem Szenario nahm er mich in seine Arme und sagte mir, dass er mich für immer lieben würde und kaum erwarten konnte, dass unser gemeinsames Leben endlich begann. Ein anderes Mal sagte er, ich sollte es wegmachen lassen, und dass ich wertlos sei – meine Fantasie konnte sehr hässlich werden. Rational betrachtet ging ich nicht davon aus, dass er so reagieren würde. Nein, das war einfach nur eine der vielen Horrorgeschichten, die ich gelesen hatte, als ich über alleinstehende Omegas recherchiert hatte, und mir nun als mögliche Realität einredete. Alle anderen Szenarien bewegten sich irgendwo dazwischen. Ich würde es ja nun bald erfahren.

Ich würde ihm das Baby nicht vorenthalten. Als er angeboten hatte, zu kommen und bei der Trauerfeier zu helfen, die es nie gab, da hatte ich schon fast vor, es ihm zu sagen. Aber über das Telefon ging das einfach nicht.

Nach unserer Schicht würde ich ihn zum Frühstück einladen und es ihm erzählen. Vielleicht sogar Arme Ritter. Die erinnerten ihn an seinen Vater und er würde ja nun auch bald Vater werden. Mist, ich versuchte, das Ganze irgendwie romantisch zu gestalten, aber es war nichts Romantisches an der ganzen Sache.

Ich fuhr zu einem fragwürdigen Hotel, das Zimmer für 69 Dollar pro Woche anbot, und stellte meinen Wagen ab. Selbst meine Schrottkarre sah hier noch wie ein Luxusvehikel aus. Aber ich konnte einfach nicht länger in meinem Wagen schlafen. Ich brauchte ein Dach über dem Kopf. Und da ich ja nun kein Geld mehr für die Pflege meines Vaters zurücklegen musste, konnte ich endlich etwas für mich selbst ausgeben. Angeblich gab es sogar eine Lebensversicherung, die vielleicht noch nicht ganz von den horrenden Rechnungen aufgezehrt worden war.

In dem Fall könnte ich mir sogar eine richtige Wohnung leisten. Wenn nicht, müsste ich eben mehr Stunden arbeiten, bis ich genug zusammen hatte. So oder so, das hier war nur vorübergehend.

Und das war auch gut so. Als ich eincheckte, fielen mir einige Dinge sofort sehr unangenehm auf, die nur schwer zu ignorieren waren. Einen Ausweis wollte keiner sehen, es wurde nur Bargeld akzeptiert und mir wurde empfohlen, keine persönlichen Gegenstände im Zimmer zu lassen, wenn ich nicht da war. Oh, und die Bemerkung, „es sei sicherer, sich im Dunkeln draußen nicht länger als nötig aufzuhalten", mit der mir der Zimmerschlüssel überreicht wurde, war auch nicht gerade beruhigend.

Für eine kurze Weile konnte ich das aushalten.

So zuversichtlich wie möglich betrat ich mein Zimmer. Ich hatte Schlimmeres gesehen. In Horrorfilmen. „Wenigstens habe ich ein Dach über dem Kopf." Ich seufzte und packte nichts aus, wie der Rezeptionist es mir empfohlen hatte.

Etwas früher zur Arbeit zu fahren, erschien mir eine gute Idee, bis ich auf die ganzen Kollegen traf, die mir ihr Beileid aussprechen und mich umarmen wollten. Jeder versicherte mir, dass es bald besser würde und dass sie für mich da wären, wenn ich reden wollte.

Ich kam besser zurecht, wenn ich nicht so viel daran dachte, was mit meinem Vater passiert war. Wenn mich ständig jeder daran erinnerte, auch wenn es nett gemeint war, dann war es so, als würde man ständig aufs Neue ein Pflaster von der schmerzenden Wunde reißen.

„Bist du okay?" Walts Stimme war wie ein samtenes Streicheln.

Ich stand im Pausenraum und bemühte mich, so zu tun, als interessierte ich mich brennend für die Zettel am Schwarzen Brett, während ich eigentlich nur versuchte, die Tränen zurückzuhalten. Wenn ich beschäftigt aussah, ließen die anderen mich in Ruhe.

„Nein." Das Wort kam gegen meinen Willen heraus. „Bin ich nicht."

Er trat hinter mich und umarmte mich. Anders als bei den Kollegen, ließ ich nun meinen Gefühlen freien Lauf und sank schluchzend in seine Arme.

„Nach der Arbeit, würdest du dann mit mir etwas essen gehen?", fragte ich, als der Tränenfluss beinahe versiegt war. „Es gibt einiges, worüber wir reden müssen."

„Du meinst, wie die Adresse, die du in deiner Bewerbung angegeben hast?" Seine Worte klangen nicht verurteilend, nur verletzt. „Ich wollte dich besuchen und dir ein paar Sachen bringen, als du krank warst“, erklärte er.

„Das wolltest du für mich tun?“ Wann hatte sich zuletzt jemand um mich gekümmert? Meine Schwester versuchte es, aber sie konnte sich kaum um sich selbst kümmern. Sie hatte zu viel Verantwortung mit der Arbeit, Dad und Jacob.

Er strich mit dem Daumen über meine Wange und wischte ein paar Tränen fort. „Ja, sicher. Aber da wohnst du nicht.“

„Es ist eine sichere Art, sich Post schicken zu lassen.“ Das stimmte immerhin. „Und eine Weile lang hatte ich keine dauerhafte Unterkunft.“ Was eine bescheuerte Umschreibung für meine Obdachlosigkeit war. „Aber jetzt ist es etwas besser.“ So grauenhaft meine Unterkunft auch war, es war ein Schritt nach vorn. Hoffentlich.

„Das ergibt Sinn.“ Er drückte mich noch einmal. „Wir sollten jetzt arbeiten. Aber ich freue mich auf das Essen mit dir nachher. Du hast mir gefehlt.“

„Du hast mir auch gefehlt. Es war schön, jemanden zu haben, dem ich schreiben konnte. Das hat es alles etwas einfacher gemacht.“

Sobald wir den Pausenraum verlassen hatten, strömten Gäste in die Bar. Am Wochenende fand am College irgendein Event statt, Studenten und Ehemalige, alle in den Farben des Colleges kamen in Scharen herein.

Das würde eine tolle Nacht werden.

Ich war so beschäftigt, dass mir keine Zeit blieb, ständig an das bevorstehende Gespräch mit Walt zu denken. Ganz zu schweigen von dem enormen Trinkgeld, das es heute geben würde, was meinen Aufenthalt in dem schmuddeligen Hotel erheblich verkürzen würde.

Alles lief großartig. Bis zu einem gewissen Punkt.

Das schale Bier und das frittierte Essen störten mich nicht, aber irgendetwas am Putzmittel im Eimer. Leider war ich mitten im Raum, als ich losspurten musste, Richtung Klo, um mich zu übergeben. Und leider schaffte ich es nicht bis zur Kloschüssel, sondern übergab mich in den Mülleimer.

Aber das war immer noch nicht das Schlimmste. Das wäre zu schön gewesen.

Ich richtete mich dummerweise viel zu schnell wieder auf und auf einmal drehte sich alles um mich herum. Die Stimmen klangen gedämpft, schienen von weither zu kommen, und in meinen Ohren rauschte es. Die Tür ging auf und an mehr erinnerte ich mich nicht, bis ich die Augen wieder aufschlug und Walt voller Entsetzen auf mich herabblickte.

„Was ist passiert?", krächzte ich.

„Du bist ohnmächtig geworden. Ich bringe dich jetzt ins Krankenhaus." Es war keine Frage.

„Nein, das geht nicht." Ich war nicht krankenversichert. Ich hatte vor, mich über Versicherungen für schwangere Omegas zu informieren, aber das wollte ich erst an meinem nächsten freien Tag machen. Eine einzige Untersuchung für die Schwangerschaft würde mich finanziell um Monate zurückwerfen. „Es geht schon. Ich will einfach nach Hause."

„Bitte." Sein Blick war so sehnsuchtsvoll. „Es geht dir nicht gut."

„Ich ..., ich gehe einfach nach Hause und lege mich hin. Können wir uns morgen treffen?" Mist. Ich bin an meinem ersten Arbeitstag nach der Pause in Ohnmacht gefallen und habe mich übergeben. Wieso man mich nicht längst gefeuert hatte, grenzte an ein Wunder.

„Das gefällt mir nicht." Er half mir dennoch auf die Beine. „Du siehst blass aus." Ein schneller Blick in den Spiegel bestätigte das.

Ich ging zum Waschbecken, um mir den Mund auszuspülen.

„Und du siehst heiß aus. Und?" Mein Versuch, lustig zu sein, klang eher schnippisch. „Tut mir leid. Ich schwöre, es geht mir gut. Wir reden morgen darüber."

Ich ging in den Pausenraum, um mich auszustempeln, aber Walt war mir natürlich gefolgt. „Ich fahre dich nach Hause." Er öffnete seinen Spind und nahm seine Sporttasche heraus, die er oft mit zur Arbeit brachte. „Auf gehts."

„Es geht mir gut, ich schwöre. Es reicht, wenn du mich einfach bis zum Wagen begleitest." Ich überlegte fieberhaft, ob ich wie üblich meinen ganzen Krempel im Kofferraum verstaut hatte.

Wahrscheinlich. Ich war vorsichtig. Immer vorsichtig.

„Na schön." Ich war mir nicht sicher, ob er das tatsächlich so meinte, aber immerhin schien er nachzugeben.

Wir gingen hinaus zum Wagen, wo ich feststellen musste, dass ich keineswegs so vorsichtig gewesen war, wie ich dachte.

„Warum hast du so viel Zeug im Wagen?", fragte er ganz direkt. Bevor ich antworten konnte, nahm er mir die Autoschlüssel ab und öffnete den Kofferraum, wo der Rest meiner Habseligkeiten untergebracht war. „Sag mir nicht, dass du in deinem Auto wohnst."

„Ich habe jetzt eine Unterkunft." Ein gefährliches Drecksloch, wo ich meine Sachen nicht einmal zurücklassen konnte, aber es war streng genommen eine Unterkunft.

„Und davor?" Sein Blick war fest und düster, als wollte er mich herausfordern, ihn anzulügen.

„Ich habe fast mein ganzes Geld meiner Schwester geschickt, um die Rechnungen für meinen Vater bezahlen zu können." Ich holte nicht einmal Luft zwischen meinen Worten. „Aber ich schwöre, jetzt habe ich eine Unterkunft. Es geht nicht anders – nicht mit dem Baby."

So viel dazu, stundenlang das anstehende Gespräch geübt zu haben.

## 19

## WALT

MIT DEM BABY? Er hatte mir nicht nur seine Wohnsituation vorenthalten, er hatte außerdem ein Baby, das er vor mir versteckte? „Was für ein Baby?" Ich machte ein paar Schritte weg von seinem Auto und spreizte die Finger, um keine Faust zu ballen. „Was zur Hölle, Nathan? Du hast mir außerdem noch vorenthalten, dass du ein Baby hast?"

„Nein, das ist ..." Er hob die Arme, um mich zu stoppen, aber ich war zu wütend, um mich beruhigen zu lassen.

Dieser Betrug war unerträglich, als hätte er mir ein Messer in die Brust gerammt und drehte es noch hin und her, weil es so viel Spaß machte. „Was ist es? Noch eine Lüge? Ein weiterer Grund, warum du vor mir davonläufst?"

Er ließ die Schultern hängen und seine Augen glänzten im schwachen Licht der Straßenlaterne. „Nein."

„Ich war so blöd." Ich schüttelte den Kopf und sah ihn an. „Ich habe mir die ganze Zeit eingeredet, du wärst bloß schüchtern oder vorsichtig, wenn es um Alphas geht. Ich habe wirklich geglaubt, du willst mit mir zusammen sein und ich müsste nur etwas Geduld haben."

„Walt, bitte, lass mich ..."

„Erklären?" Ich lachte laut auf. „Ja, bitte. Erklär mir, warum du dafür gesorgt hast, dass ich mich in dich verliebe, wenn du doch gar kein Interesse daran hast, mit mir zusammen zu sein. Warum hast du mit mir gespielt, mich auf Distanz gehalten und mich dann wieder in deine Arme gezogen? Ich verstehe es nicht, Nathan. Warum?"

Tränen liefen ihm über die Wangen, als er sich ans Auto lehnte und daran herunterglitt, bis er mit dem Hintern auf dem kalten Asphalt saß. „Es gibt so viel, was ich dir sagen will. Alles." Seine Stimme brach und er atmete geräuschvoll ein, dann sah er zu mir auf. „Aber das Wichtigste, was du wissen musst, ist ..., das Baby, von dem ich rede, ist unseres. Ich trage es in mir."

Mir klappte die Kinnlade herunter, während ich versuchte, seine Worte zu verarbeiten. Ich starrte ihn an, als er seine Hände auf seinen Bauch presste. So konnte ich erkennen, wie sich unter dem dünnen T-Shirt ein kleiner Bauch abzeichnete. „Unseres?"

Mehr Tränen kamen, liefen ihm übers Kinn und tropften auf sein T-Shirt, als er nickte. „Ich weiß es noch nicht sehr lange, aber ich musste erst all das mit meinem Vater hinter mich bringen, bevor ich mich damit befassen konnte. Und mit uns."

Ich ging vor ihm auf die Knie und legte meine großen Hände auf seine. „Unser Baby ist da drin?"

Ein schwaches Lächeln erschien auf seinem Gesicht. „Ist das okay?"

Ich brauchte einen Moment, bis ich den Blick von seinem Bauch losreißen und ihm in die Augen schauen konnte. „Das ist ... fantastisch."

Ein weiterer Schwall Tränen folgte, aber ich wusste, diese waren anders. Darin war keine Scham, Angst oder Bedauern. Das waren Freudentränen. Erleichterung. Glück. „Wirklich?"

Ich zog ihn hoch und presste ihn an meine Brust. „Ja, wirklich." Dann erst wurde mir klar, dass diese neue Information nur einen Teil des Rätsels auflöste, das Nathan seit Monaten für mich darstellte. „Aber was ist mit allem anderen? Hast du wirklich in deinem Auto gelebt?"

Er atmete tief durch, um sich zu beruhigen, dann schaute er mir in die Augen. „Habe ich, ja. Jetzt nicht mehr. Ich habe für die nächsten Wochen eine Unterkunft. Danach suche ich mir eine Wohnung, die besser für ein Baby geeignet ist."

Machte er Witze? Es musste sich um einen Scherz handeln. „Zeig sie mir."

„Was?" Nathan zuckte zusammen. Offenbar hatte er nicht damit gerechnet, dass ich einen Beweis sehen wollte. „Warum?"

Meine Nasenflügel bebten und ich verschränkte die Arme vor der Brust. „Ich möchte sehen, wo du leben willst mit dem Baby in deinem Bauch."

Das schien ein Feuer in Nathan zu wecken, das ich noch nicht kannte. Seine Augen wurden schmal und er bohrte mir seinen Finger in die Brust, als er mir deutlich seine Meinung sagte. „Hör mal zu, großer Alpha. Nur weil du mich geschwängert hast, bedeutet das nicht, dass du mir vorschreiben kannst, wo und wie ich zu wohnen habe. Es tut mir leid, dass ich mit all dem nicht besser umgegangen bin, aber wenn du ein Teil meines Lebens sein willst, dann behandele mich mit dem Respekt, den ich verdiene."

Oha. Keine Ahnung, wo das auf einmal herkam, aber ich war ziemlich beeindruckt. Und auch stolz. Ich schloss die Augen, atmete einmal tief durch, um mich zu beruhigen, dann gab ich nach. „Du hast recht, Nathan. Es tut mir leid, dass sich so mit dir gesprochen habe."

Er legte den Kopf schief und musterte mich, als müsste er überlegen, ob ich das herablassend gemeint haben könnte. Offenbar schien er aber zu spüren, dass ich es aufrichtig meinte, denn er nickte knapp. „Ich verzeihe dir."

Nun, das war ein Anfang. Ich machte einen Schritt zurück, um ihm mehr Raum zu geben. „Also, ich würde gern dein neues Apartment sehen. Wenn du es mir zeigen möchtest."

Nathan gab sich Mühe, ein Grinsen zu unterdrücken, aber so ganz gelang es ihm nicht. „Wenn du wirklich willst, dann kannst du gerne vorbeikommen. Aber du darfst nicht zu kritisch sein. Denk daran, wie deine erste Wohnung aussah."

Ich verzog das Gesicht, als ich daran dachte, was er damit meinte. „Also ein paar Tausend Mitbewohner?"

Er erschauerte sichtlich. „Ich hoffe nicht. Aber ich habe bisher erst wenige Minuten dort zugebracht, daher weiß ich es nicht."

Wenn er mir keine definitive Absage erteilte, dann musste ich weiter fragen. Aber behutsam. „Und was ist mit den ganzen anderen Dingen?"

„Was für andere Dinge?"

Ich schob die Hände in die Hosentaschen und machte einen Schritt auf ihn zu. „Was ich sonst noch gesagt habe. Dass du mit mir spielst, die nicht eindeutigen Signale. Die einseitige Besessenheit ..."

Nathan hob langsam die Hände und legte sie mir auf die Brust. „Das ist nicht einseitig. Ganz und gar nicht.

Und ich bin wirklich schüchtern und vorsichtig. So war ich schon immer."

Ich hielt seinen Blick fest, um seine Absichten zu verstehen, ohne besitzergreifend oder beherrschend zu wirken. „Nathan, du bist mir sehr wichtig und ich könnte heute Nacht nicht ruhig schlafen, wenn ich mir vorstelle, dass dir Kakerlaken ins Ohr kriechen, während du schläfst, und dir ihre Eier ins Hirn legen."

Er rollte mit den Augen und grinste.

„Also, könntest du dir vorstellen, bei mir einzuziehen?"

Das Grinsen verschwand und er sah aus, als würde er gleich wieder in Tränen ausbrechen. „Was?"

Ich legte ihm die Hände auf die Hüften und zog ihn sanft näher, unser Baby sicher zwischen uns. „Ich möchte, dass du bei mir wohnst, Nathan. Ich weiß, das kommt sehr plötzlich, aber wenn man die Umstände bedenkt, sehe ich keinen Grund, warum wir damit warten sollten. Wenn du merken solltest, dass du mit mir nicht glücklich bist, dann bezahle ich dir und dem Baby eine angemessene Wohnung. Aber du sollst wissen, dass ich alles in meiner Macht Stehende tun

werde, damit du keinen Grund hast, mich zu verlassen." Ich lehnte meine Stirn gegen seine. „Denn ich
war nicht einfach dramatisch, als ich sagte, dass ich
mich in dich verliebt habe."

## 20

## NATHAN

ICH FOLGTE WALT zu seiner Wohnung und er bestand darauf, mein Auto auszuladen. Er meinte, ich würde mich nie wirklich zu Hause fühlen, solange alles, was ich besaß, nur eine Schlüsseldrehung entfernt davon war, zu verschwinden. Ich konnte ihm nicht widersprechen, ich befand mich noch in der Phase, *wie ist das alles möglich, vielleicht träume ich.*

Anschließend redeten wir stundenlang über alles, was ich durchgemacht hatte und wie ich in der Lage geendet war, in der ich mich befand. Endlich gelang es mir, die ganzen Schuldgefühle beiseitezuschieben. Ich fühlte mich immer noch schlecht deswegen, aber rückblickend hätte ich auch nicht gewusst, was ich hätte anders machen können, ohne meiner Schwester zu schaden.

Meine Familie kam immer an erster Stelle.

Aber das war die Vergangenheit, ich musste an die Gegenwart denken und an die Zukunft.

Wir beide mussten das.

Wir erwarteten ein Kind.

Unser Kind.

„Ich habe es gehasst, dir nicht alles sagen zu können. Ich habe mein Leben gehasst." Ich kuschelte mich auf der Couch an ihn. „Ich ... ich hatte solche Angst, alles zu verlieren, falls jemand davon erfuhr. Die meisten Firmen misstrauen Menschen ohne feste Adresse, eine echte. Und *The Fallen Nut* war ..., also, so einen Job fände ich nie wieder. Ausgeschlossen."

„Ich finde es furchtbar, dass du so leben musstest." Er küsste mich auf die Stirn und zog mich dann auf seinen Schoß. „Es war ungerecht, dass du dich dazu gezwungen sahst. Ich weiß, du wolltest nur helfen, alle guten Kinder wollen das, aber das ganze System ist doch großer Mist."

Ich kuschelte mich noch enger an ihn, fühlte mich sicher, zum ersten Mal, seit ich nach Oak Grove gekommen war. „Das stimmt. Und danke, dass ich hier wohnen darf. Das Hotel …, die meinten, ich sollte besser nichts im Zimmer lassen. Das ist kein gutes Zeichen."

Walt verspannte sich unter mir. „Ich mag die Vorstellung nicht, dass irgendjemand da wohnen muss."

„Ich hatte nicht vor, lange dort zu bleiben. Ich musste nur genug ansparen, um zwei Monatsmieten und eine Kaution im Voraus zahlen zu können. Da ich jetzt meiner Schwester kein Geld mehr schicken muss, wird das schneller gehen. Du hast mich nicht ewig am Hals." Ich blickte hinüber zu dem kleinen Haufen mit meinen Sachen. „Und meine Schwester denkt, wenn alle Schulden beglichen sind, könnte vielleicht sogar etwas von der Lebensversicherung meines Vaters übrigbleiben. Vielleicht reicht es sogar, damit ich meine Ausbildung abschließen kann." Es standen noch zu viele Dinge in der Schwebe. Und mit dem Baby konnte sich einiges auch wieder ändern.

„Ich finde nicht, dass ich dich am Hals habe. Ich möchte doch, dass du hier wohnst. Hier gehörst du hin." Die Aufrichtigkeit in seiner Stimme ließ mich schwer schlucken. „Ich wusste nicht, dass du mit dem Studium angefangen hattest. Erzähl mir, was du lernen wolltest.“

Ich erzählte ihm alles, bis ich zu müde wurde. Ich schlief in seinen Armen ein und erwachte am nächsten Morgen in seinem Bett.

„Guten Morgen.“ Er saß auf der Bettkante und hatte einen Teller mit Armen Rittern in der Hand. „Ich habe einige Dinge vorbereitet für dich.“

Ich setzte mich aufrecht hin. Es war kein Traum gewesen. Ich befand mich bei Walt zu Hause und wie durch ein Wunder hatte er mich trotz meiner Fehler akzeptiert.

„Arme Ritter.“ Es duftete köstlich. „Danke.“

„Ich habe noch etwas gemacht.“

Ich sah auf dem Tablett nichts außer dem Frühstück. „Was denn?“

„Nicht hier. Es ist ein Termin bei Dr. Hanson um elf Uhr.“

„Dr. Hanson?“ Der Name war mir nicht bekannt.

„Er ist Geburtshelfer. Ich dachte ..., wenn du möchtest, also ..., ich könnte mitkommen. Du hast gestern erwähnt, dass du ...“ Walt war nervös, das war nur zu verständlich. Ich hatte ihn mehr als einmal ausgegrenzt.

„Dass ich mir einen Arzt suchen müsste?“ Ich nahm ihm das Tablett ab und stellte es auf den Nachttisch, dann schlang ich meine Arme um ihn. „Danke. Ja, bitte komm mit.“ Ich hatte bereits einen Antrag bei einer Krankenversicherung ausgefüllt, die auch die Schwangerschaft abdeckte. Zum Glück.

„Es wäre mir eine Ehre. Und jetzt iss. Es schon zehn.“

Zehn? Ich war wohl wirklich sehr müde gewesen. Ich aß schnell, machte mich fertig und so schafften wir es noch rechtzeitig zum Termin. Es war offenbar kein Problem, dass ich noch keine genaueren Angaben zu meiner Versicherung machen konnte. Nach dem ganzen Papierkram und dem obligatorischen Blutdruckmessen, musste ich in einen Becher pinkeln, anschließend wurde ich in einen Untersuchungsraum geschoben, wo ich auf den Arzt warten sollte.

„Ich bin nervös. Als ich mit Dad im Krankenhaus war, konnte ich nicht gut essen, meistens habe ich es komplett vergessen. Laut dieser Waage hier habe ich abgenommen." Ich drückte seine Hand. „Was, wenn ich unserem Baby geschadet habe, bevor ich wusste, dass ich schwanger bin?"

Er hatte keine Gelegenheit mehr, zu antworten, denn da kam der Arzt herein und stellte sich vor. Er machte einen netten Eindruck und sah aus wie der Weihnachtsmann in einem weißen Kittel. Es war irgendwie beruhigend.

„Die Blutwerte sehen gut aus." Er blätterte durch die Unterlagen. „Hier steht, die Schwangerschaft sei unerwartet gewesen." Das war eine nette Umschreibung dafür, dass wir beide zu dämlich zum Verhüten waren.

„Wir haben nicht damit gerechnet, aber wir freuen uns darauf", sagte Walt, als ich erstarrte, weil ich nicht wusste, wie ich darauf reagieren sollte.

„Babys sind ein richtiger Quell der Freude, nicht wahr?" Ich rechnete geradezu mit einem *Ho-Ho-Ho*, es kam aber nicht.

Zwei Sekunden lang herrschte peinliches Schweigen, dann musste ich etwas sagen.

„Ich konnte nicht gut essen", sagte ich. „Manchmal habe ich es sogar vergessen." Alles sprudelte aus mir heraus, was ich in letzter Zeit durchgemacht hatte.

Der Arzt hörte sich alles mitfühlend an, er verurteilte mich nicht. „Vielen fällt das Essen anfangs schwer, aber sie bekommen dennoch wunderschöne, gesunde Babys. Aber ich weiß natürlich aus Erfahrung, dass man erst aufhört, sich Sorgen zu machen, bis man es mit eigenen Augen sieht. Also gehen wir ins nächste Zimmer und werfen einen Blick auf Ihr Baby." Er öffnete eine Tür und ging hinaus, ohne mir die Chance zu lassen, weitere Fragen zu stellen.

Walt sah ebenso irritiert aus wie ich. „Äh, Walt?"

Er lächelte mich an und reichte mir die Hand. „Dann wollen wir mal unser Baby anschauen."

Es dauerte nicht lange, bis ich auf der Liege beim Ultraschall lag und ein Punkt auf dem Monitor erschien, während im Hintergrund irgendetwas piepte.

„Das Geräusch ist der Herzschlag Ihres Babys und das ist Ihr Baby." Der Arzt klickte auf ein paar Dinge auf dem Monitor. „Und wie ich es sehe, hat Ihr Baby genau die richtige Größe gemäß dem Zeitpunkt der Empfängnis, den Sie genannt haben.“

„Ich habe es nicht ausgehungert.“ Ich atmete geräuschvoll aus. „Es geht ihm gut.“

„Alles sieht vollkommen normal aus. Herzlichen Glückwunsch, Väter.“

Ich sah zu Walt auf, sein Blick war fest auf den Monitor gerichtet und er strahlte über das ganze Gesicht.

Wir bekamen ein Baby – wir beide. Zum allerersten Mal glaubte ich daran, dass alles in Ordnung kommen würde. Wir hielten zusammen und gründeten eine Familie.

„Ich liebe dich.“ Es kam mir zum ersten Mal über die Lippen, aber ich hatte noch nie etwas so ernst gemeint.

„Ich liebe dich auch.“ Walt küsste meine Stirn. „Euch beide.“

## 21

## WALT

Nathan dazu zu bringen, bei mir einzuziehen, war leicht gewesen.

Ihn davon zu überzeugen, dass ich ihn für immer bei mir haben wollte, war hingegen nicht so einfach.

Er dachte wirklich, er wäre eine Art Wohlfahrtsprojekt, dem ich mich irgendwie verpflichtet fühlte. Ich musste mich anstrengen, um ihm zu zeigen, wie sehr ich ihn liebte.

Ich versuchte es mit einer Fußmassage nach der Arbeit, ich packte ihm ein paar Snacks in seine Tasche für die Arbeit. Ich lernte sogar, wie man Red Velvet Cupcakes machte, weil Nathan erwähnt hatte, dass er die so liebte, weil er sie früher immer zum Geburtstag bekommen hatte.

Nach sechs Monaten, in denen ich so aufmerksam und rücksichtsvoll wie möglich war, schien es endlich anzukommen. Zumindest hoffte ich das.

Mein anderer Versuch, ihn für mich zu gewinnen, kam in Gestalt meines Körpers. Vor allem mein Körper in seinem, so oft wie möglich. Dank der Hormone, die in ihm tobten, war das sehr oft möglich.

Nathan verließ das Bad, Wassertropfen liefen noch über seinen perfekten Körper. Er war rundlich geworden mit meinem Baby und voller Verlangen. Sein Schwanz war hart und ragte stolz auf, während er sich die Haare mit einem Handtuch trocknete. „Walt …"

„Ich bin hier, Baby." Ich drückte den roten Knopf auf der Fernbedienung und schaltete den Fernseher aus. „Was brauchst du?"

Er ließ den Arm sinken, das Handtuch baumelte um seine Hüfte. „Ich bin schon wieder steif. Und geil."

Allein ihn anzusehen, machte mich hart. Ich zog die Decke zurück, die ich bis zum Schoß hochgezogen war, und deutete auf meinen eigenen steifen Schwanz. „Was für ein Zufall."

Ein strahlendes Lächeln erhellte Nathans Züge und er kam zu mir gewatschelt. Das Baby saß sehr tief, was es noch unangenehmer machte, aber ich fand es zu niedlich. Wie auch alles andere, mit dem er sich herumplagte, je näher der Geburtstermin rückte. „Ich wusste, es gibt einen Grund, warum ich dich liebe."

Uns gegenseitig zu sagen, dass wir uns liebten, war zu einer lieben Gewohnheit geworden. Aber das machte es nicht weniger wirksam. Und egal, ob er es in einem Moment der Leidenschaft sagte oder wenn ich ihm einen warmen Cupcake gab, stets ging mir vor Freude das Herz dabei auf.

Uns gegenseitig zu zeigen, wie sehr wir einander liebten, war aber noch besser. Als Nathan sich langsam auf meinen Schwanz niederließ, fühlte er meine Liebe. Meine steife, dicke Liebe, die seinen nassen Arsch ganz ausfüllte, als er sich auf mir bewegte.

„Walt, wie kann es sein, dass du immer noch größer wirst?" Er lehnte sich mit der Stirn an meine Schulter und rutschte auf meinem Schoß herum. Es wurde mit dem runden Bauch zunehmend schwieriger für ihn, eine Position zu finden, die es ihm erlaubte, mit mir von Angesicht zu Angesicht zu kuscheln. Aber wir schafften es irgendwie.

„Ich werde nicht größer." Ich schob meine Hände unter seine Oberschenkel und hob ihn an, bevor ich ihn wieder auf mich herabließ. „Der Platz in dir wird nur einfach kleiner." Meine Augen rollten nach hinten. Es wurde immer schwieriger, länger als ein paar Minuten durchzuhalten, er war auf so köstliche Weise eng.

Nathan sammelte seine ganze Energie und fing an, meinen Schwanz zu reiten wie einen Springstock. Er legte ein flottes Tempo vor, ich ließ ihn gewähren und griff unter seinen Bauch nach seinem Schwanz und rieb ihn im passenden Rhythmus. Binnen weniger Minuten ergossen wir uns beide in dicken Strahlen. Seiner landete auf meinem Bauch, ich spritzte tief in ihm vergraben ab.

Nathan presste sich gegen meinen Schoß, schloss die Augen und schnappte nach Luft. „Dein Knoten."

„Bist du sicher, dass genug Platz dafür ist?" Mein Knoten dehnte sich bereits aus und keiner von uns hatte Lust, sich zu bewegen. „Wenn er sich erst einmal ausgebreitet hat, hast du mich eine Weile in dir."

Nathan schlang seine Arme um meinen Nacken und küsste mich heftig. Als er endlich Luft holte, dachten wir beide bereits an eine zweite Runde.

„Jetzt bin ich zu erschöpft, aber ich möchte genau das morgen früh haben."

Ich grinste an seinem Mund. „Ich werde da sein. Spring einfach auf, wenn du wach wirst. Wenn ich noch schlafen sollte, kannst du ruhig ohne mich anfangen."

Er klatschte mir auf die Brust und biss mir ins Kinn. „Oh, mach dir keine Sorgen. Wenn ich aufspringe, wirst du auf jeden Fall wach. Dafür werde ich schon sorgen."

## 22

# NATHAN

„WIR BESTELLTEN das schärfste indische Essen, das wir finden." Ich tippte vor Walt mit der Fußspitze auf.

Er hockte am Küchentisch und blickte zu mir auf, als hätte ich den Verstand verloren.

Und um ehrlich zu sein, der Tisch war voll mit Dingen, die es zum Abendessen geben sollte, an all dem war nichts auszusetzen. Spaghetti und Knoblauchbrot waren eine ausgezeichnete Mahlzeit, wenn ich nicht mehr als 40 Wochen in meiner Schwangerschaft gewesen wäre und es nicht mehr erwarten konnte, bis das Baby endlich raus war.

„Äh, okay." Er diskutierte nicht einmal, sondern stand einfach auf und sammelte das Essen ein. „Ich stelle es kalt für morgen."

„Morgen sind wir nicht da." Meine Stimme brach, bevor ich meine Gefühle unter Kontrolle bringen konnte. „Dr. Hanson möchte morgen die Geburt einleiten, wenn ich das Baby nicht bis dahin von allein rausgekriegt habe."

Ich trank seit einer Woche so viel Ananassaft, dass ich das Zeug schon ausschwitzte.

Und ich hatte genug Spaziergänge gemacht, dass es mich nicht gewundert hätte, wenn die Nachbarn annahmen, dass ich einen Fitnesskurs machte.

Ich trank sogar einen widerlichen Tee dreimal am Tag, weil ich in einem Blog gelesen hatte, dass der helfen sollte, die Wehen einzuleiten. Der Blogschreiber hatte sich geirrt.

Und zu guter Letzt hatten wir auch noch Sex. Jede Menge.

Ich würde Walts Schwanz noch abbrechen, wenn ich ihn weiterhin so oft bat, sich in mir zu verknoten. Er beschwerte sich aber nicht. Offenbar fand er meinen

Körper mitsamt den geschwollenen Knöcheln absolut heiß. Er meinte scherzhaft, er wäre blind vor Liebe, aber er bestand darauf, dass jeder weitere Zentimeter Bauchumfang mich für ihn noch begehrenswerter machte.

Ich glaubte eher das mit der blinden Liebe.

Wie dem auch sei, wenn es etwas gab, um die Wehen einzuleiten, dann hatte ich es versucht. Zumindest dachte ich das.

„Schau dir mal diesen neuen Post in meiner Schwangerschaftsgruppe an." Ich hielt ihm das Handy zum Lesen hin.

„Die sind zum Jahrestag indisch essen gegangen. Mist. Habe ich irgendeinen Jahrestag vergessen?" Ihm wich das Blut aus dem Gesicht, als wäre ich einer dieser Omegas, die Wert auf solchen Quatsch legten.

„Nein." Ich schüttelte den Kopf und blickte selber auf das Handy. „Die sind ..., das war kein Jahrestag an sich, sondern irgendetwas Französisches. Ein Geburtstag." Ich scrollte tiefer und las es ihm vor. „*Ich war noch nicht einmal bei meinen Gulab Jamun angekommen, als die Wehen einsetzten. Ich meine, natürlich, habe ich die trotzdem noch gegessen – das ist die beste Nachspeise aller*

*Zeiten – aber wenn du willst, dass das Baby rauskommt, dann mit indischem Essen.“*

„Du willst dieses ganze Essen hier wegräumen, weil du lieber was vom Inder willst, damit das Baby sofort rauskommt?“

Ich nickte energisch.

„Weißt du, nur weil das diesem Paar passiert ist, bedeutet das nicht, dass es eine sichere Methode ist, die Wehen einzuleiten.“

Ich nickte weiter. Ich entwickelte mich zu einem Wackeldackel.

Er seufzte leicht amüsiert. „Und wir machen es sowieso.“

Mehr Nicken.

„Und wenn es nicht funktioniert ...“

Ich unterbrach ihn mit einer Handbewegung. „Dann reite ich dich wie ein Cowboy.“

Er holte seine Schlüssel und wir machten uns auf den Weg zum Inder in der Nähe der Bar. Ich aß so scharfes Essen, dass mir der Schweiß ausbrach. Aber anders als der Typ, der den Blogbeitrag geschrieben hatte, hatte ich jede Menge Zeit für meine Nachspeise.

Selbst nachdem ich wie versprochen Walt geritten hatte, blieb mir am nächsten Tag nichts anders übrig, als mich zum Arzt zu schleppen, um die Wehen einzuleiten.

„Ich möchte das eigentlich nicht", jammerte ich, als der Arzt hereinkam. Ich war bereits an die Monitore angeschlossen und man hatte mir einen Zugang gelegt, während mir Tausende von Fragen gestellt wurden.

Walt stand die ganze Zeit neben mir und bemühte sich um Zuversicht, während ich immer grummeliger wurde.

Ich hatte eigentlich keinen Grund dazu. Eine sichere Geburt wäre perfekt. Aber ich hatte das Gefühl, ich wäre unfähig, weil ich es nicht geschafft hatte, von allein zu den Wehen zu kommen. Als wäre ich jetzt schon ein schlechter Vater.

„Wir könnten Glück haben." Der Doktor legte das Tablet beiseite. „Ich muss nur noch etwas überprüfen. Die Schwester denkt, das Baby hat sich vielleicht bewegt.“ Er rieb sich die Hände. „Tut mir leid, die sind noch etwas kalt.“

Er drückte an meinem Bauch herum, was ziemlich unangenehm war. „Schwer zu sagen. Bin gleich wieder da.“

Und damit verschwand er einfach aus dem Raum.

„Muss ich mir Sorgen machen, Walt? Er sah doch nicht besorgt aus, oder?“

Walt war bei mir und hielt meine Hand. „Nein. Keine Sorge. Er sagte, die Pflegerin hätte den Eindruck gehabt, dass sich das Baby bewegt hätte. Aber das soll es ja auch.“ Seine Versicherung beruhigte mich etwas. Er hatte recht. So sollte es ja sein.

Nach einem schnellen Ultraschall erfuhr ich bald, dass sie sich aber nicht so viel bewegen sollten wie mein Kleines. Bevor ich wusste, wie mir geschah, wurde ich schon für einen Kaiserschnitt vorbereitet. Mir wurde gesagt, dass es gut wäre, dass ich noch keine Wehen hätte, ausgehend von der Position des Babys.

*Nicht aus Mangel an Versuchen.*

Die Angst um mein süßes Baby und das Adrenalin, das mir durch die Adern raste, vernebelte mir die Erinnerung an die nächste Stunde. Erst als ich das Geschrei unseres Babys hörte, ergab alles wieder einen Sinn.

„Herzlichen Glückwunsch, Väter. Ihr habt einen wunderschönen Jungen bekommen", sagte Dr. Hanson jenseits des Tuches, das meinen Unterleib bedeckte.

Es war seltsam, nicht meinen ganzen Körper sehen zu können. Aber wahrscheinlich wäre es nicht so gut gewesen, wenn ich hätte mitansehen müssen, wie man mich aufschnitt. So war es schon besser.

„Ich liebe dich", sagte Walt neben mir. Er war mir so nahe, aber nicht nahe genug, wegen des ganzen medizinischen Equipments.

„Ich liebe dich. Kannst du ihn sehen?", fragte ich.

Walt versagte vor lauter Gefühlen beinahe die Stimme. „Noch nicht, aber seine Lunge scheint ja sehr kräftig zu sein."

„Das kann man wohl sagen." Eine Schwester kam zu uns und hielt ihn in den Armen. „Und ich glaube, er will seinen Daddy." Sie reichte ihn Walt, der sofort zu mir kam, sobald sie den Monitor zur Seite geschoben hatte.

„Sobald wir Sie zugenäht haben, bringen wir Sie und Ihren Sohn in ein anderes Zimmer. Haben Sie sich bereits einen Namen überlegt?", fragte sie.

„Marshall", sagten wir beide gleichzeitig.

Wir hatten viel Zeit mit der Suche nach dem perfekten Namen verbracht, einen, der uns beiden gefiel, aber uns war nichts eingefallen. Dann fragte eines Tages jemand in der Bar nach einem Marshall. Offenbar war sein Blind Date nie aufgetaucht, soweit ich das mitbekommen hatte. Aber in dem Moment trat mein Sohn zum ersten Mal gegen meinen Brustkorb.

Wir betrachteten das als Zeichen, das er einverstanden war.

„Ein perfekter Name für ein perfektes kleines Baby." Sie machte ein paar Schritte zurück, damit ich einen besseren Blick auf unseren Sohn hatte.

„Danke." Walt hielt ihn nahe an mein Gesicht, damit ich ihn besser sehen konnte. „Danke dafür, Nathan, dass du mir unseren Sohn geschenkt hast. Dafür, dass du mein Leben komplett gemacht hast. Dafür, dass du mich liebst.“

„Ich bin derjenige, der sich bei dir bedanken müsste.“ Ich lächelte unseren Sohn an. „Er ist wundervoll.“

„Er ist wie du.“

„ER IST PERFEKT, Nate." Frannie drückte Marshall an ihre Brust und atmete den frischen Babygeruch ein. „Er riecht so gut."

Nathan kicherte. „Gib ihm noch zwanzig Minuten. Der Geruch ändert sich sehr schnell."

Sie ließ sich davon nicht abschrecken, sondern hob seinen Fuß an ihrem Mund und küsste ihn auf die Fußsohle. „Das ist mir egal. Ich will auch ein Kind."

„Wirklich." Nathan ging zu seiner Schwester und legte ihr einen Arm um die Schultern. „Ihr fangt ja früh damit an."

Frannie sah mich an und zog eine Augenbraue hoch. „Tja, du weißt ja, wie diese Alphas sind. Die verteilen ihren Samen früh und reichlich."

Ich hob resignierend die Hände. „Hey, schau mich nicht so an. Dazu gehören immer zwei. Wenn du noch nicht soweit bist, hat Jacob sicher Verständnis dafür." Dann deutete ich vielsagend darauf, wie sie Marshall auf den Armen schaukelte, als hätte sie ihn selber zur Welt gebracht. „Aber mir scheint, du bist der Vorstellung nicht abgeneigt, lieber früher als später eine eigene Familie zu gründen."

Sie grinste. „Und ob ich bereit bin." Sie sah ihren Bruder an. „Bin ich verrückt? Ich meine, nur weil die Versicherung das Geld ausgezahlt hat, ist es eigentlich ziemlich unverantwortlich, sofort daran zu denken, noch mehr Verantwortung zu übernehmen?"

Nathan schüttelte den Kopf und kam zu mir. Er schlang seine Arme um meine Hüfte und verschränkte seine Hände auf meiner anderen Seite. „Ich bin nicht derjenige, der Ratschläge erteilen sollte, was verantwortungsbewusstes Handeln betrifft. Ich habe in einem Auto gewohnt, als ich schwanger wurde, daher solltest du meine Ratschläge eher mit Vorsicht genießen." Er legte seinen Kopf auf meine

Schulter und seufzte zufrieden auf. „Aber ich denke, du weißt, was du willst. Jacob und du, ihr liebt euch. Wenn ihr eure Familie vergrößern wollt, dann nur zu. Selbst ohne das zusätzliche Geld wird es schon gehen."

Ich küsste Nathan auf die Schläfe. „Gut gesagt, Baby. Aber du hast recht. Egal, was man plant, wenn es so sein soll, dann wird es schon klappen." Ich sah meinen Sohn, wie er seine Tante anlächelte. Seine Augen waren so blau wie die, in die ich mehrere Stunden jeden Tag starrte. „Und wenn es wieder passiert, dann sind wir wieder genauso dankbar und glücklich darüber."

Nathan sah mich mit hochgezogener Augenbraue an. „Äh, wie oft stellst du dir denn vor, dass ‚es passiert'?"

Ich unterdrückte ein Grinsen und bemühte mich um eine stoische Miene. „Nur so acht- oder neunmal. Zehnmal höchstens."

„Zehn!" Nathans klappte die Kinnlade herunter und er ließ mich los. „Du willst zehn Kinder?"

Ich blieb weiterhin ernst und nickte Richtung Marshall. „Schau doch, wie einfach das ist. Er schläft, isst und kackt. Wir könnten zwanzig haben und es wäre kein Problem."

Nathan war sprachlos und seine Augen waren groß wie Untertassen.

„Ich mache nur Scherze, Baby." Ich küsste seine Unterlippe und zog sie sanft zwischen meine Zähne. „Aber zwei oder drei wären schon schön."

„Ja." Seine Schultern entspannten sich, als er durchatmete. „Das wäre wirklich schön."

Ich beugte mich herab, um ihm ins Ohr zu flüstern. „Nicht so schön, wie sie zu machen. Und darauf zu warten, bis sie rauskommen."

Nathan klatschte mir auf die Schulter und flüsterte in mein Ohr. „Ich liebe dich, Alpha, aber wenn du mich vor meiner Schwester hart werden lässt, musst du dich heute Abend in deiner eigenen Hand verknoten."

Jetzt war ich es, dem die Worte fehlten. Ich trat zurück und malte ein Kreuz über mein Herz, als Zeichen eines Versprechens. „Wie wäre es, wenn ich euch beiden eine Limonade hole?"

„Das klingt gut. Danke, Walt."

Ich ging in die Küche, um Snacks zu den Drinks zu suchen. Ich konnte hören, wie Nathan mit seiner Schwester flüsterte. „Er ist so großartig, Frannie. Wenn Jacob nur halb so gut zu dir ist wie Walt zu mir, dann halt ihn fest. Ich hätte den Fehler beinahe gemacht und hätte mir nie verziehen, wenn ich nun ohne Walt leben müsste."

„Du hast wirklich Glück, Nate. Ich freue mich so für dich."

„Ich habe Glück." Ich konnte das Erstaunen in Nathans Stimme hören und bekam einen Kloß im Hals. „Und ich bin verdammt glücklich."

Ich störte die beiden nicht, auch wenn ich es gern getan hätte. Ich wollte ins Zimmer stürzen und Nathan sagen, dass ich derjenige war, der Glück hatte. Er hatte mir gegeben, was ich mir immer gewünscht hatte, und mehr. Jeden Tag, den er bei mir war, wuchs meine Liebe für ihn noch mehr.

Die Liebe hatte für mich nicht immer Sinn ergeben, dabei war es doch so einfach. Nathan war als mein Omega auserwählt. Der Vater meiner Kinder. Der Mann an meiner Seite bis ans Ende meiner Tage.

Und es war mein Schicksal, ihm alles zu geben, was er sich immer gewünscht hatte.

Mein Weg, ein richtiger Alpha zu werden, war endlich vollendet. Und mein weiterer Weg würde nur noch besser werden.

Der lang erwartete Abschluss der dramatischen MPreg-Serie Oak Grove.

Jetzt bestellen